Try旺人生

冰冰姊的「甘巴嗲」哲學，帶你遇見生命中的貴人！

自序

臉書 face book 說出了人類的終極目標（非死不可）我們從出生就注定了一步一步走向死亡的界線。

我們非死不可……只是暫時還沒死。

面對死亡，我們無能為力、莫可奈何，只好認真努力的活下去。

然而死神並沒有放過我們，祂隨時常在你我左右，有人說祂在左肩上，也有人說祂在右肩上，因此有這麼一說，不要隨便拍人家的肩膀，尤其我們習慣見到熟人互相拍肩「好久不見」，豈不知有可能冒犯到尊敬的死神啊！

死亡分為很多種，舉凡生病、車禍、意外、自殺、他殺、自然死、衰老死、猝死、橫死……種種，我們每天活的戰戰競競，有人對死亡覺得很灑脫，有人覺得很害怕，因此台灣宗教盛行，任何教派除了教化人們要行善、布施、捐助，也教人自我修行，成為神所喜愛的子民。

「人」有分好人跟壞人，好人怕死神，因此不斷的保養、修行、布施、注重安全，都是對死神的一種敬畏，也希望終究要走的那一步能夠求得好死，就是所謂善終「壽終正寢」。

壞人不怕死神，因為他本身就是惡魔，佛高一尺魔高一丈，他也許不怕神鬼，或也許……其實是害怕的，只是心存僥倖大幹一場，成了就是王，敗了就墮地獄或畜生道，其實人本來就是畜生演化來的，只是這過程需要幾萬年，當壞人要變回畜生的時候，可就在這一念之間……

既然出生就被判死刑，差別只是什麼時候被執行？

人生就是一場修行，必須歷經八苦，生、老、病、死、愛別離、怨憎懟、求不得、放不下，因此你要用什麼樣的態度活下去？

人生有九雅，情、棋、書、畫、花、酒、茶、玉、詩。

人生有九惡，念、想、慾、巧、奪、取、偷、淫、殺戮。

要享受九雅必須從年輕就努力的耕耘自己的人生，到了一定的年齡才能夠有相當的財力、能力、鑑賞力去享受你的九雅。反之就……

人哪！心眼小，天地大不了，惜緣才能續緣，幽默是最佳的潤滑劑，可避免摩擦，就不會有痛苦，也避免了死神的造訪。因此把心眼放寬，天地大了，好緣多了，就算你碰到任何的危機或苦難，總會有貴人出現來幫助你！

我們與朋友暫時分別時，總會說一句「你先走一步，我隨後就來」，這句話好像也不要隨性的說出來，聽了總覺得有點毛毛的，哈哈！

這本書要與大家分享的，就是尋找生命中的貴人，然而，其實貴人無所不在，有時候是自己尋覓的、努力經營的，有時候卻是有如菩薩般的自動降臨在你的身邊幫助你，最奧妙的是，有可能敵人變貴人，更有可能貴人變敵人。我這輩子遭遇過很多，碰過形形色色的貴人與敵人，到現在年過一甲子，更可以輕鬆駕馭自己的情緒智商，知道如何經營自己的朋友圈或粉絲或親人或陌生人，讓人人都是我的貴人，也希望我也會是很多人的貴人，以此共勉之！很抱歉，開宗明義就以死亡做開頭，其實與個人的學習過程有關。就讀空大時我選的生活科學系裡面的課程就有生死學及心理學，我覺得對我的人生幫助好大，也對未來的世界多了一層認識，從原先的害怕死亡、害怕親人死亡，到現在能夠坦然面對，張開雙手擁抱未來，不是不怕了，而是了解這是人生必走之路。我將用最美麗的、最自在的心情與外貌去面對祂，只是可能還要很久，我不會先走一步，你們也不要隨後就來！

面對未知的人生、世界、宇宙，我們都得勇敢的、謹慎的多 Try 一下！

Try旺人生

冰冰姊的「甘巴嗲」哲學，
帶你遇見生命中的貴人！

Chapter1
會做事

Chapter2

會做人

Chapter3

會轉念

Chapter1
會做事

憨憨低頭向前衝

名不見經傳的查某囡仔，
冒著風險，帶著一身「憨膽」，
獨自跑到日本邀請天王小林旭來台作秀。
果然天公疼憨人，機會來了，
憨查某囡仔也跟著一炮而紅！

位於台北第一飯店二樓的「狄斯角夜總會」老闆馬鑫安先生，知道我曾在日本拍過電影、出過唱片，是喝過日本墨水回來的，便託人來問我跟日本演藝圈熟不熟？因為他們希望邀請日本大牌藝人來台灣做秀，想請我幫忙。

我在日本時，所有演藝工作邀約，都是交由經紀公司或前夫洽談交涉，我只是乖乖地按照行程跟著經紀人跑，事實上我誰都不認識，跟誰都沒有交情，更遑論大牌藝人了。但我知道他們會找我幫忙，一定是沒有其他的管道，我心裡默默地盤算著：這段時間駐唱不太順遂，連小歌廳都不太容易進去表演，而狄斯角是台北最高級的夜總會，若是我將這件事辦妥了，也許他們會因此感謝我，讓我在狄斯角駐唱！因此我沒有直接回答他們的問題，反而硬著頭皮問他們想要找誰來台灣表演？對方說想找小林旭，我說好，我試著聯絡看看再告訴他們情況。

接到這個案子後，我很認真努力地把之前在日本所有合作過的藝人、經紀人的電話打了一遍，想找找看有沒有人可以聯絡小林旭？但前前後後打了三十幾通，沒有一個人可以幫我。後來有一個長輩告訴我，他認識小林旭經紀公司的社長，可以把社長的電話給我。我一聽，哇！需要找社長職位那麼高的人談嗎？由於沒有做過經紀工作，不懂邀請這些大牌藝人商演，必須透過他們的經紀公司，也不知道該怎麼跟那位社長交涉……朋友很好心地告訴我：「就把要做的事以及妳的想法清楚告訴他就好，不用想的太難。」

我依照長輩給的電話撥過去，果然，是社長接聽的。我把來意說明後，社長很直接地告訴我，他並不認識我，我們之間沒有任何交情也不曾合作過，所以這件事不可能就在電話中談妥，而他們也不可能來台灣談，因此必須是我去日本當面溝通。對方這麼說很合情合理，掛了電話後我想到來回機票好貴啊，我沒有十足把握可以談成這件事情，因此不敢跟委託我的人開口要機票錢；若自己吸收，卻要不吃不喝好幾個月才付得起，而且當年出國沒那麼簡單，還得去日本在台的交流協會排隊辦簽證，真的很麻煩。猶豫了一下，我想也許將我在日本的經歷告訴社長，說不定他會看在梶原一騎先生的面子就這麼談妥，那我就不用特別跑到日本去。但長輩持反對意見，他說萬一對方不買帳，或者對那人有意見，反而起了反效果。最後我決定趕快辦好簽證，直接飛去日本和對方見面！

我很快訂好機票、辦好一切手續，跟社長約在東京赤阪的 New Otani 飯店見面。到了飯店後等了半個鐘頭沒等到人，我打電話去經紀公司詢問狀況，他們說社長很早就出門了，要我再等一下看看。我又再等了半個小時，還是沒見到社長，我心想是不是被騙了？於是再打電話去問，他們竟說社長已經回到公司了，隔了幾秒鐘社長接起電話告訴我他有到飯店，但沒見到我。我一聽連忙說道：「我在飯店啊，我在這裡等了一個小時都沒有等到您。」社長問我是幾點到飯店的？

我說我三點零五分就到了，社長說我們不是約三點嗎？聽到社長這麼說，我趕緊表明不是才慢了五分鐘？電話那頭，社長的口氣有點嚴肅：「妳覺得五分鐘不重要嗎？」社長接著又說：「不守時的人代表著也不會守信，若要跟你們談合作我們覺得很擔心。」我一時感到非常羞愧，立刻再三道歉，向他表明我是特地專程從台灣來日本談這件事情、是很有誠意的。因為飛機時刻延遲才會晚到，希望他能再給我一次機會面談。社長終於說好吧，要我直接去公司找他。

一踏入經紀公司，映入眼簾的是各式各樣的海報，不僅有小林旭，還有其他大牌藝人。我心想今天小林旭的秀若能談成功，那麼日後要談其他藝人的合作應該也就不難了。見到社長後我很快進入正題，社長明快地表示需要正式簽約才可以，並且簽約時就要先付一半酬勞做為訂金，剩下的尾款等他們到達台灣後在演出前付清。

由於我不是這場秀的主導者，所以無法在當下承諾社長任何條件，只好告訴他我回台灣後會馬上處理，盡快將合約給他。我馬不停蹄地當天就立刻搭飛機回台灣，向狄斯角夜總會的老闆馬先生說明日方要求，馬先生一聽非常高興，不論是簽約、付款方式都沒有問題。

眼看事情都辦妥了，我向馬先生提出希望可以讓我也加入這一檔秀，讓我第一個出場。馬先生一聽，立刻告訴我，這一檔是個超級大秀，總共只排了三個節目：第一個是徐佳莉，第二個是王孟麗，最後的主秀就是小林旭。馬先生反問我：「白冰冰小姐，老實說妳尚未有知名度，上了台觀眾也不知道妳是誰，妳覺得妳有任何表演空間嗎？」我聽馬先生這麼說後，心裡有點難過也不太開心，枉費我風塵僕僕來回一趟日本幫他把事情辦成，他也沒有主動表示要將機票錢給我或表達感謝之意，心裡越想越嘔，但我還是維持風度跟他說沒關係，希望以後有機會能在狄斯角表演。

一九八二年四月，小林旭第一次來台作秀，那是台灣有史以來首次邀請外國紅星來作秀表演，果然在台灣造成轟動，沒想到那是我這個毫無經紀經驗、沒有名氣的小歌星促成的。結果，我忙了半天，不僅沒有收到任何報酬與感謝，最失禮的是小林旭表演的第一天，主辦單位也沒有邀請我去看，我等於白忙了一場還不被重視，什麼都沒撈到……其實，我很想去現場觀賞節目並關心小林旭來台之後的狀況，但門票那麼貴，又不敢自己闖到後台，怕不得其門而入，反而尷尬，心裡著實有些落寞。

沒想到，第一天節目演出結束，我接到馬老闆十萬火急要我去救火的電話。我雖然一頭霧水，卻也立刻飛奔到狄斯角夜總會，到了會議室看到小林旭的社長、經紀人、主持人張菲、倪敏然、夜總會老闆、翻譯都在那裡，氣氛還有點嚴肅。一問之下原來社長認為我是促成這件事的經紀人，怎麼從頭到尾都不見人影，現在有問題了應該要由我來為雙方做溝通才對。

當時我腦中一片空白，心中忐忑以為出了什麼大事，了解之後才知道原來問題出在翻譯。狄斯角安排一個人在台上為小林旭翻譯，但小林旭講的笑話，被翻譯完後台下卻一點笑聲都沒有；而兩位主持人串場逗趣的演出，讓台下觀眾大笑不已，但翻譯給小林旭時他卻聽不懂笑點。小林旭和社長都覺得表演不應該是這樣子，希望狄斯角要解決翻譯這個問題。這時我生命中的大貴人說話了（見本書另一篇〈孔雀上身，烏鴉變鳳凰！〉），倪敏然大哥說：「冰冰啊！這……這……這件事情不是妳撮合的嗎？難得有這世紀大秀來到台灣，我跟張菲日文又不靈光，妳……妳……妳明天就來幫忙翻譯嘛！」我聽了好高興，求不到的上台機會現在竟然自動落在我面前了。

等到事情都談妥後，我想為自己尋找更好的機會，斗膽跟大夥兒說：「各位，我覺得忽然冒出我這個翻譯好像有點怪耶，我想是否在我介紹小林旭上台前，我先唱首歌，我的日本歌唱得很道地的唷！唱完歌後我再隆重介紹小林旭，這樣節目會更順暢一點！」倪大哥一聽立刻附和說好，他還跟我順了一下節目。

第二天在熱烈掌聲中，大幕緩緩升起，一開始由美豔紅星徐佳莉表演勁歌熱舞，緊接著是電視明星王孟麗精采的表演。之後倪敏然與張菲閃亮登場，兩人默契十足、笑料不斷，他們說接下來就是今天的超級巨星小林旭的 ONE MAN SHOW，在小林旭表演之前我們先歡迎一位雖然名不見經傳，但是有著天使臉孔、魔鬼身材的一位美麗台灣女孩，她將擔任今天主秀的翻譯，首先這位可愛女孩要為大家唱一首日本演歌〈涙的連絡船〉，請熱烈掌聲歡迎白冰冰！

這首〈涙的連絡船〉讓在場所有人為之驚豔，大家不斷鼓掌認為我演歌唱得好極了。在台上我都能清楚看到與聽到觀眾交頭接耳在談論我，唱完後我用很輕柔的敬語將小林旭介紹出來，並將小林旭在台上所說的每一句話都精準、適切地翻譯給觀眾聽，逗得台下笑聲不斷！

也將台上擔任諧星的張菲、倪敏然插科打諢的笑料翻譯給小林旭明白，逗得大明星開心得不得了，台上台下氣氛熱烈，當天演出非常成功！結束後觀眾們除了排隊等著跟小林旭拍照外，也紛紛點名跟我合照，我這個原不在節目表中、額外多出來的人，反而成了第二焦點。因此從台北這一場秀開始，我便聲名大噪，嚐到人生中第一次走紅的滋味。這檔秀自第二天我開始演唱、幫忙翻譯起，爾後台北場的每一天反應都相當熱烈，許多人都在談論我這個「查某囡仔」怎麼唱得這麼好、以前從來沒看過，到底從哪裡冒出來的！

小林旭這檔為期十五天的巡迴表演，第一站台北場狄斯角演出七天後，馬先生包了一個紅包給我，裡面的錢包括我去日本洽談時的機票、酬謝我的紅包以及六天來我的唱酬，分算下來一天唱酬有好幾千，我高興得不得了。這時，口吃的倪大哥跟我說：「冰冰啊，妳……妳……妳比我們都紅了耶！忽……忽……忽然就捧紅了一個妳耶！」我開心地不斷向倪大哥、張菲道謝，謝謝他們賞賜機會，倪大哥客氣地跟我說：「是妳自己有本事，我們也沒幫什麼。」

接著倪大哥就跟馬老闆表示：「接接接下來的台中、高雄她也要跟著去啊，不不不然我們兩個搞不贏啊！」馬老闆立刻說好啊，白小姐就跟著一起去中南部。這時倪大哥問馬老闆：「那那那妳一天給人家多少錢啊？」馬老闆說我有感謝她啊，我有給她一個紅包。倪大哥立刻說：「╳╳╳咧！人人人家就是靠這個賺錢的，後面還有七、八天呢，你你你要照行情算給人家啦！」倪大哥說完接著就問我小林旭來我有沒有收佣金？我老實地說沒有，兩方都沒有給我。倪大哥一聽又向馬老闆喊：「你你你要給人家仲介費啦！」馬老闆只好說如果賺了錢，他一定會包給我。倪大哥還追著問馬老闆要給我多少唱酬？馬老闆這才說：「一天五千好不好？」我高興得都要升天了，我原本的唱酬是一個月三千六，現在是一天五千啊，我真的是「明爽在臉上」，開心到連個

「好」字都說不出來，只是一個勁兒的點頭。

接下來台中場三天、高雄場五天，更是天天都大受歡迎。中南部觀眾對日本文化、表演的喜愛本就甚於台北，喜歡我的觀眾自然也就更多，常常在我唱完後不停喊著「安可、安可」，但礙於時間限制我只能唱一首。那檔秀結束後我聽說很多人向歌廳反應，怎麼不讓那個「查某囡仔」多唱幾首？原來，大家雖然愛看小林旭，但對於他的歌、他的表演是比較熟悉的，反而我這個沒有知名度的「查某囡仔」的表演看來很新鮮。事後夜總會老闆馬先生怪我怎麼不告訴他我會唱歌？如果事先知道的話可以好好安排。我聽聽後也只能苦笑，馬先生應該是貴人多忘事吧！

人的機運真的是很難預料也無法算計。原本我並沒有想過會獲得額外報酬，只希望夜總會老闆能讓我開場唱第一個，但他不願意；沒想到開演第一天發生了狀況緊急找我幫忙，我也只想著盡快幫雙方解決問題。最後，我竟變成了那一檔的副秀，唱酬也翻了好幾倍。而小林旭在台灣的名氣除了是票房保證之外，他來台灣演唱期間媒體報導不斷，我也跟著沾光，許多媒體的報導中都會提到我，甚至還有專訪我的，讓我一下子提升了許多知名度。這些收穫都是始料未及。

藉著這件難得的往事，我想分享給大家的是，任何事情算盤不要打得太精，但也不要因為沒有經驗或沒有自信，就什麼要求都不敢提。小林旭這件事我算是幸運的，因為我沒有先跟委託我的馬老闆談好甚至簽約，就一聲不響地一個人跑去日本談，萬一我在日本發生了意外，那麼完全不會有人出面負責處理；萬一我談妥了但台灣這邊卻跳票，我就要自己負起全責，將小林旭的演出費用承擔下來，這些都是超出我能力之外，卻真有可能會發生的狀況。

另外，由於我沒有經紀經驗，也不知道是否可以談成讓小林旭來台，因此不好意思也不敢向馬老闆提出，請他支付我去日本的費用，也沒有提出應該要給的仲介費。若不是有貴人倪大哥幫我爭取，我可能就只是領一個紅包，連基本的唱酬都不會有。

其實任何的合作都可以先將基本的問題談妥，雙方簽訂合作書後再去進行，這樣不僅對自己好也是保障對方，是互利雙方的事。只是事情做了就要盡全力地認真做好，不要因為中間的得失計算而有所保留，因為虛名浮利是一時的，任何事情全力以赴後無愧於人、無愧於己才是最大的收穫與財富。

水深不語，人穩不言。
學會淡下性子，忍住怒氣面對不滿。
事事不能太精，太精無路；
待人不能太苛，太苛無友。
懂得退讓，方顯大氣；
知道包容，方顯大度。
得意時莫炫，失意時莫餒。

三分靠運，七分靠己，
努力過就好，盡了心就行，
結果不是最終的目的，
過程的體會，才是最真的感悟。

成功需要三個人：貴人、高人、本人

如果當年我沒有持續站在中視走道等著黃北朗記者，
也許我就不是今天大家認識的綜藝大姊大！
我始終相信，貴人要靠自己尋找，
自己也可以成為自己生命中的貴人！

「欸，妳是誰啊？」

「我……我叫白冰冰。」雖然對方的語氣不是很客氣，但我仍高興地回答，只是因緊張而有些結巴。

「妳怎麼天天站在這裡？是在跟我打招呼嗎？妳找我幹嘛？」

「沒事啦！我只是想看看妳可不可以採訪我，幫我寫一篇報導？」我滿心期盼地問道。

「妳是誰啊？妳演過什麼戲還是唱過什麼歌？妳有什麼事可以讓我寫？我要寫妳什麼？」

我很不好意思地說：「我不知道耶，都可以啦，妳怎麼寫都好！」看對方沒說話，我傻呼呼地接著說：「我是想說如果妳可以幫我寫一篇，我就會比較紅。」

對方瞪大了眼，露出又好氣又好笑的表情這麼告訴我：「好吧！妳明天來這家咖啡廳，我聽聽妳要說什麼！」

我太緊張了，所以愣頭愣腦地回答，沒想到卻獲得我夢寐以求人生第一次受訪的機會！早年我剛出道時媒體不多，大家閱讀新聞的來源都是從報紙得知，所以媒體記者的地位非常崇高，大家姿態都擺得很高。毫無知名度的我根本沒有採訪價值，我那天興奮得一整晚都睡不著，不停想著明天對方會問什麼？我該說什麼？

這是我和此生演藝事業中的第一個貴人——黃北朗的對話。

還沒有走紅之前，我一心想往電視圈求發展，那時參加中視的一些戲劇客串演出，總是演婢女、丫鬟這類沒有台詞的小角色，但我乖巧、敬業、又便宜，所以常常都會安排我的戲分。我知道這輩子如果一直傻傻地演這些無關輕重的小角色，沒有任何機會宣傳自己，我永遠都不會紅，等於白來了一趟演藝圈。所以只要一有空檔，我就站在中視的走廊等著，一看到黃北朗，我就衝著她傻笑、向她揮手。起初她並沒有搭理我，直到有一天她竟然也朝我揮手，我高興極了，連忙走向前去。但她沒有停下腳步反而繼續往前，我困惑回頭才發現，原來她是在跟我身後的人打招呼，當下覺得好丟臉，但是我鍥而不捨地堅持我的做法，就這樣持續了快兩個月，終於有一天她叫住我，問我為什麼天天等在那裡、向她打招呼，到底找她有什麼事？

對我來說，雖然能在歌廳駐唱，在人家壽宴、結婚或是入厝晚會時表演，但都是有一搭沒一搭的，很不穩定。我常常為了孩子的下一罐奶粉錢在哪裡而擔憂，更曾經窮到口袋裡一塊錢都沒有。曉燕的奶粉又已經喝完，我正發愁時，突然接到一通電話打來說是有人接了喜宴的晚會，臨時生病無法履約，問我能否前去救火？我喜出望外，趕忙答應。

但即使我飛車到達現場，宴會已結束了、客人們正慢慢地離席。好不容易趕來了卻已散場，顧不得混亂場面，我只擔心沒有唱就領不到錢、沒有錢我的曉燕就要餓肚子了。情急之下我邊大叫著：「我來了～～～」邊閃開一波波向我迎面走來要離席的客人，努力在人群中穿梭、往舞台前進。路要是被擋住了就朝空的桌椅跳過去，當時身手簡直可媲美電影中飛簷走壁的俠女。正要散場的客人就這樣看著我一面叫、一面跳的往前走，將離去的腳步竟然停了下來，看著我下一步到底要做什麼，就這樣硬是擠上台唱了兩首歌，不但領到了八百塊救命錢，也等於幫原來的女歌手履行合約。記得當時我在台上開玩笑說：「謝謝大家留下來聽我唱歌，你們可以一面剔牙、一面幫我鼓掌，只要我能獲得掌聲，這一場的工作才算完成，不知大家是否願意配合我？」可能是當年的人們比較溫暖，或者被我拚命三娘的工作態度所感動，聽康樂隊的團主說，我的表演是當天最精采熱烈的一段演出，她很高興！未來若有場子也都願意給我機會。

現在想來不禁覺得好笑。窮苦的我想擺脫為了房租、生活費、孩子的奶粉錢而捉襟見肘的困窘，因此渴望能夠進入電視圈，在電視有了知名度後才能更上一層樓、到秀場去表演，也才會有比較穩定的收入。

在那個網路還沒有對大眾開放的年代，報紙是家家戶戶都要訂閱的，而當時兩大報就是《聯合報》與《中國時報》。那時的報紙不像現在這麼厚，而是薄薄幾大張，政治、財經、社會、演藝圈等新聞，無論是國內還是國外都琳瑯滿目地印在報紙上，大家的資訊幾乎都是從報上得來。而當年的記者不像現在的狗仔，他們的報導都很正面、不會亂寫，因此明星們都很願意跟記者聊天。我幻想著若是能登上報紙，那麼家家戶戶就都能從報紙上認識我了。

但那時的我只是個駐唱歌手，雖然當歌手四年了，卻沒有自己的作品、都是唱別人的歌。雖然有機會演出電視連續劇，但也都只是些不被重視、叫不出名字的小角色。一個連記者都不認識的人，誰要採訪呢？然而我不知哪來的傻勁兒，只知道黃北朗是《聯合報》很有名的記者，堅信只要她願意採訪我，我就能上報，於是我就天天站在中視走廊等她經過。

皇天不負苦心人，她終於被我打動了（正確地說應該是受不了了）。第二天我依約到了中視咖啡廳，一坐下來她就對我說：「妳不是主角耶，到底要我寫什麼？這部戲的配配配配配角嗎？」她用很專業卻又很實際的口吻，還一連說了好幾個「配」字。雖然覺得不好意思，但卻不影響我興奮的心情，心想：超級大牌記者耶，大記者跟我說話，第一次有記者採訪我耶！一方面興奮，另一方面基於工作專業，尤其她的時間寶貴，所以面對她我不知道該怎麼回答才好，支支吾吾地把話含在嘴裡。她看我半天說不出話，又問我：「妳為什麼一定要找我寫？」我說：「因為妳是《聯合報》最有名的大牌記者，只要能被妳訪問報導之後，我就會紅。」

黃北朗看著我認真的表情有點似笑非笑地又問：「妳為什麼一定要紅？妳是打哪來的人？」一聽她問我這些，我立刻老老實實將自己從小到大的經歷一股腦地說出來，她靜靜聽著我毫不遮掩將家境困苦、從小分擔家計、日本的際遇一直到現在以駐唱歌手為主要收入……這些一般人可能不會想讓別人知道的事，我都詳實的告訴她。我不知道自己到底說得好不好？我的故事值不值得她寫？但我相信她看到了我誠懇的態度，並理解我對開創前途的渴求。就在那天的採訪後，《聯合報》一連整整三天刊載了我的故事專訪。當時的《聯合報》如日中天，閱讀人口之廣大，透過那一次連載報導，默默無聞的我很快就被大眾所認識了，走在路上好多人都跟我打招呼，後來我的故事被《自由時報》的胡如虹看到，用不同的角度又幫我連載了一次，現在想起來，我能有今天，當年幫助過我的她們實在功不可沒！

在那一次訪談後，我覺得黃北朗其實很親切，沒有我想像中大牌記者高不可攀的架子。甚至讓我感覺她是一個可以交心的人！至於為什麼我向她打了那麼久的招呼她才理我，我自己檢討著：第一，我每天害羞地在胸前搖手，我已經夠嬌小了，揮手還那麼低調，誰看得到呢？

就算看到了，不回應我也是正常的，因為她根本就不認識我啊，哪會想到我是在對她打招呼？第二，記者每天忙得要命，眼睛無時無刻不在尋找可報導的人事物，在他們有限的時間壓力下，搜尋的對象都是獅子、老虎或大象這類顯眼的角色，哪會注意到我這個跳來跳去的小白兔呢？其實我應該一開始就大大方方走到她面前，正式向她自我介紹並說明自己的需求，這樣也許根本就不用站在中視的走道，搖那麼久的手了……

另外，黃北朗的撰稿能力真是非常厲害。演藝圈中，無論是主持、歌唱、戲劇，哪些人是大牌、哪些人有才藝、哪一首歌紅、哪一齣戲受歡迎，她怎麼會不知道？她當然明白我沒有作品可以談，所以她要先從了解我的背景開始，看看我怎麼將自己介紹給她，才知道是否具有報導價值。沒想到我很老實地將自己從小到大所有好與壞的際遇，一把鼻涕一把眼淚的伴隨靦腆的笑容全都如實託付給她。

黃北朗寫的專訪我永遠忘不了，大大紅色標題上寫著：「肯上進、不驕矜　白冰冰的真誠」。也許就是因為這一點吧，也許就是我的「真」、「誠」打動了她。黃北朗與胡如虹的恩情我一直銘記在心，當年的報導雖已泛黃，但我至今仍好好地珍藏著。

非常感謝我的貴人，也要跟所有在工作崗位上努力的人們分享：貴人不會自己從天上掉下來，貴人可以自己創造！自己也可以成為自己的貴人！

如果當年我沒有持續站在中視的走道等著黃北朗，也許我就不是今天大家認識的綜藝大姊大；若是我矯揉造作，編織一些假的經歷吹噓，別說獲得她的青睞，很可能連聽都沒聽完她就走人了！畢竟記者見多識廣，你說的話幾分實幾分虛她哪會不知道、哪還會有之後的連載呢？所以只要是正確的、對自己有幫助的，不論要花多少時間、遇到多少困難，堅持下去一定可以得到美好的果實。

人，堅強久了會疲憊；
情，在乎多了會心碎；
事，太認真了會受罪；
生活免不了酸甜苦辣，
有些事，看清了也就看輕了；
有些人，看透了也就無所謂了。

掏心掏肺白受罪，
只要問心無愧，真誠善良，
珍惜眼前人，做好手中事。

不要抓了這個又捨不得那個

萬鈞航空貨運董事長詹壽全

為了讓自己更加進步，離開經營有成十多年的公司。

他明白，人生不能抓了這個又捨不得那個，

這大概就是有所捨、才有所得的概念吧！

「卡桑，等我可以養活您的時候，就立刻把您接出來，我們自己過日子吧！」

早期台灣許多男性會娶好幾個老婆，萬鈞航空貨運董事長詹壽全的父親也是。詹董的母親是大老婆，就只有詹董這麼一個兒子，母子倆相依為命的日子，有許多大時代下的故事。

詹董是苗栗三義客家人，十三歲就離家獨立自主了。他離家時與母親話別，臨行前許下的約定，是要將媽媽接出來與自己一起生活。

對於詹董是如何進入航空業這個領域我一直很好奇，說起來有些曲折，但理由卻很單純：孝順。由於並沒有打算依靠家庭資源或尋求親友協助，詹董一開始想去報考軍校。軍人的待遇雖然不高，但是有保障也很安穩，然而對於經歷日本統治時期的母親來說，當軍人就是要打仗。唯一的兒子要去當軍人她無論如何都不肯答應，母親極力反對，告訴他：「你若是要去念軍校，我就死了算了！」因為母親強烈反對，他也就放棄了念軍校的計畫。當不成軍人，詹董便打算進入建築公司學習，母親對此也不同意。她的理由很實際，她問詹董：「全鄉下每戶人家不論是蓋新房或是將原有屋子改建，大家都是自己蓋房，你有看到誰去買別人蓋好的房子來住嗎？」確實，當時的社會家家戶戶都是如此，母親的看法不無道理。那麼學賣汽車好了，賣汽車應該賺得多，但他母親仍有意見：「全三義只有×××和○○○有車子，他們兩位都是醫生，除了他們之外你還看到誰家裡有汽車的？你要把車賣給誰呢？」

最後，詹董在母親同意下進入專門承攬航空貨運業務的公司。他既聰明又肯努力學，在那個公司做了三年後就和幾個朋友一起成立了屬於自己的航空貨運代理公司。白手起家總是不易的，創業初期他幾乎做遍每一項工作，甚至粗重的載送貨運也都自己來。幾個二十出頭的年輕人為了自己的事業都很努力打拚，公司業務範圍在他們的認真之下也跟著日漸拓展，當時甚至承接一些非常特殊、專業的業務，像是國際巨星演唱會需要運送的樂器、舞台、設備等等，他們都承包過。然而，就在公司經營愈趨順利時，更出現一個難得的機會。

由於公司業務的關係，詹董認識了一位外國航空亞洲區的CEO，他們成了很好的朋友，他對詹董的工作能力很是肯定，於是問他有沒有意願做他們航空公司的台灣總代理？一聽到這麼好的機會詹董當然是很有興趣，但對方又接著說：「如果你接了總代理，那麼你原來的工作就要放棄，不能再繼續囉！」

這個球員不能兼裁判的道理詹董不是不知道，但自己一手創立十年有餘的公司正蒸蒸日上，雖然這個新的機會很是難得，但若闖不出什麼名堂，以他的個性也不可能再回頭找原來的夥伴了，他要就這麼放棄辛苦建立的公司嗎？

這個賭注實在太大，詹董思考了將近兩個禮拜。他鉅細靡遺評估

「代理」的優缺點：代理通常是生意的入門，由於台灣市場的經濟規模小，許多國外企業覺得投入於此不合乎效益，所以才會以「代理」的形式找人幫他們推廣；雖然一九七九年政府才開放國人出國觀光，故而國外旅遊還不是那麼興盛，但以長遠趨勢來看是可以衝刺、做出成績的，不過也很可能無法做一輩子。雖然有不少長久合作成功的例子，但等市場做大了再被一腳踢開的案例也俯拾即是。再又想到航空代理的業務與之前的工作經驗截然不同，無論是宣傳、行銷、銷售都要從零開始，自己能夠在各方面勝出嗎？

他說在這段考慮的期間，正好看到一篇國外報導，那是有關紐西蘭航空剛上任總裁的記者會。記者問新任總裁要先從哪一個部門開刀？（無論是政府官員或大企業高層在新上任時，總給人新官上任三把火的印象，因此記者有此一問。）沒想到新任總裁出人意表地說：「我沒有什麼要改革修正的地方，我上任後第一個最重要的任務就是找到我的接班人。」這個答案讓現場所有人都非常訝異，那位總裁接著說：「我不能讓自己在一個工作上停滯不前，我還想進步、還需要學習更多東西，公司也是一樣的……」

這段話給了詹董很大的啟發，讓他頓時有了豁然開朗的感覺。他應該學習那位總裁，不能就此滿足於眼前的成就，更不能害怕新的挑戰。那篇文章為詹董的人生帶來很大的轉變，他決定勇敢地接受挑戰，因此他找了一起創業的合夥人談這件事情。但夥伴自認沒有多餘能力再去做更多、更大的發展，尤其是要拋開原先的基礎從頭來過，若是在新領域不成功怎麼辦？就這樣放棄原有的事業豈不是很冒險嗎？

詹董仍不放棄，繼續說服他。但夥伴個性較保守、專長也比較偏向內部管理，因此他決定不再繼續勉強夥伴，自己投入新的領域。夥伴反覆勸詹董再謹慎考慮一下、不要貿然行動，但詹董心意已決，他告訴夥伴往好的方面想，當自己離開公司後，夥伴可以繼續讓公司往上升、更上一層樓，而他自己則可以在新的領域中去學習更多東西。

「好吧！」夥伴最終還是同意了，並預祝他在接下總代理後做出好成績。詹董告訴我，至今他們仍保持著友好聯繫，且夥伴將那家公司經營得很好，現在已在美國的納斯達克（NASDAQ）掛牌上市，他感到與有榮焉，為他們高興。原來老夥伴的公司發展得那麼好，我直呼當初放棄了好像有點可惜！但是詹董現在公司的經營也同樣出色有成，當初看似冒險的決定，如今想來一切是值得的，詹董在航空業的各領域都摸索與實踐過了，這也是人生很重要的學習歷程。怎麼樣的決定才是最正確的呢？我覺得人生沒有絕對的對錯，總不能抓了這個又捨不得那個，這大概就是有所捨、有所得的概念吧！

詹董現在的公司「萬鈞」從一九八五年開始至今已有三十二年了，從最早只有一家航空公司的貨運總代理，經營到現在除了貨運，還拓展到了客運的領域，且代理的航空公司將近二十家，他的能力實在是令我咋舌佩服。詹董講述他進入航空這個領域的創業過程時，聽起來似乎一帆風順，我很好奇他這一路上是否出現過困難？有沒有工作壓力大的時候？

他說，同為總代理，但客運與貨運的業務完全不同。客運要了解、研究的學問更多，包括市場定位、行銷、票價等都要學習，所以開剛始時是有些壓力。但他是個只要決定了就要做好的人，再加上當年的評估精準，政府在一九八七年開放大陸探親後，觀光旅遊迅速地發展開來，因此公司很順利上了軌道。雖然工作上難免會出現壓力，但他說自己是個積極正向的人，能夠將壓力化為動力與助力、將危機化為轉機，也常常以我們台灣人所說的「吃苦當吃補」這句話來勉勵自己。並且每隔一段時間他就會為身心靈做環保、適時地排毒，將負面想法轉為正向思考。至於危機，並不是只有他的公司遭遇到，而是全台灣甚至國際性的危機——第一個是雖有影響但影響程度較低的亞洲金融風暴，另外兩個大危機一個是九一一恐怖攻擊事件，一個則是台灣的SARS疫情。

面對國際間整體的困境，詹董說，當時他跟所有同事在開會時，問大家對於當前狀況的心情如何？有什麼想法？同事的回答讓他既高興又受到鼓舞，同事們都表示願意努力撐過難關、繼續打拚下去。

由於總代理做得成功，台鹽前董事長余光華先生找上詹董，希望能藉助他們成功的行銷經驗幫台鹽銷售所謂的台鹽四寶——沐浴乳、洗面乳、洗髮精和牙膏。這一做把原本一年一百萬的業績一下飆到了四千萬，亮眼成績使得台鹽繼續與詹董合作綠迷雅保養品系列，隨之而來的還有台糖的蜆精、LANAMI保養品系列等。

說起我與詹董的結緣，就是起於LANAMI保養品，聽說當時詹董獨排眾議、堅持指定我做代言人。這一點不僅他的員工存有疑慮，連我自己也很好奇——為什麼是我？

我雖然拍過不少廣告、做過許多知名產品代言，但都是比較親民的食用品，更何況當時我已是五十歲的歐巴桑了，代言保養品會不會不適合？然而詹董卻告訴我，他就是看上我五十歲皮膚還那麼好這一點，再說我一向給人坦誠、具有公信力的形象，為LANAMI代言再適合不過。

沒想到我們的廣告一打出來，便在短短時間內得到非常好的成績。也許是消費者不夠了解、也許是競爭對手眼紅，我記得那時有消費者質疑台糖與詹董有所勾結，甚至還有許多記者紛紛圍在我家門口希望我能以代言人身分說明。但我相信真金不怕火煉，提醒大眾任何商品的製造一定是經過許多環節的，從生產製造、包裝到行銷、宣傳、上通路貨架，哪一層關卡不需要成本？大家所熟知的知名國際品牌所產的保養品當中，哪一家的代工價不是與末端售價相差八倍、十倍甚至更高？除了我的說明，經濟部也立即將全案移送檢調及監察院展開調查，事實證明完全是沒有問題的。

詹董事業經營得很好，我認為與他樂於分享有很大的關係。他是個大氣的人，任何事情只著眼於大處、不拘泥小節，對人也很誠懇大方。以我為例，當初為他的保養品代言時，我們根本還不認識，他為了代言費跟我談了很久，最終我被他說服、做了讓步。但沒想到，銷售一陣子之後他打電話來向我道謝，並請我吃飯。餐桌上大家開心寒暄，不料他竟拿出一個大紅包給我，稱說商品有這麼好的成績，都多虧了我的代言。我代言過那麼多產品，從來沒有一個廠商在付了代言費後，還會在賣得好的情況下包紅包的。我本不願收下，但詹董非常堅持，而這樣的大紅包我前前後後收了好幾次，甚至連為我開車的助理也都受惠，至今我的助理看到詹董都把他奉為上上賓。

這輩子詹董是我的貴人之一，因為拍 LANAMI 保養品廣告提升了我對自己外貌的肯定，當我受到委屈時，他也會貼心安慰或提供實質相助，真是個好大哥！我們互稱為「鐵帽子兄弟」（原來在他的心目中，我不是女人，哈哈哈）。此外，我常覺得，全台灣若要票選朋友最多的人，大概就是詹董了，無論性別、年齡、國籍，他什麼朋友都有，最難得的是，都是益友，沒有損友。我去他公司和他的員工聊天時更發現，員工都跟了他很久，基本上公司的流動率不大，可見他是個感恩又樂於分享成果的人，這樣益師益友的老闆，誰不愛呢？

庄腳囝仔也會成狀元

沒有慧根就要會耕，
講對話、做對事，
才能創造機運、改變命運。

——擁恆文創園區董事長　陳振豐

近來由於台灣的電視環境不好，大型綜藝節目陸續減少，二〇〇九、二〇一二年我手上的節目《冰火五重天》、《冰冰好料理》等一一停播後，接下來的五年只拍了一部電影——《人生按個讚》，以及接了一些零星表演活動，除此之外我手上沒有任何一個固定節目。雖然我還有一些積蓄，生活不至出現困窘，但我的個性不會讓自己停滯不前，更別說處於不好的狀態中。於是我開始研究網路，在臉書、微博成立粉絲頁與大家互動。

我看到兩岸有許多的網紅、直播節目很有創意，更理解到這就是未來發展趨勢，因此我也不落人後地做了一個網路節目《行行出狀元》，將各行各業中的翹楚介紹給大家。這個節目有別於一般的廣告、置入行銷，是能夠讓觀眾在短短三十分鐘裡深入了解主事者一路走來的奮鬥歷程、理念及經營方針，更可以讓商品有詳細、完整的介紹，讓觀眾因為對主人翁的情感投注，就會對他的商品更有信心。

第一集介紹了台灣知名書法家詹秀蓉，她的細字書法遠觀是畫，近看是字，詹大師的苦修過程及熱心公益捐贈作品，在全世界的華人地區讓台灣綻放光芒！這讓我非常感動，因而誠懇的製播、推薦，播出後反應很好，也給了我很大的信心。但第二集要介紹誰呢？又不能讓節目開天窗，我想到了身邊很傑出的朋友——「擁恆文創園區」的陳振豐董事長。他的出身與事業上的成就很值得與大家分享。於是我打電話給陳董，沒想到他很義氣地欣然答應，並在我們錄製過程中，排開忙碌的行程配合我們的要求與錄影。錄完節目看剪接的時候我感觸很深——一個人會成功真不是沒有原因的！

我所知道的陳董是個來自雲林鄉下的孩子，家裡很窮，窮到連一塊錢的營養午餐費都繳不起（五十年前的一塊錢大約相當於今天的一兩百塊）。當年政府在推行學校營養午餐時他還是個國小二年級學生，小時候不懂父母親沒有錢的辛苦，只會跟在爸爸媽媽屁股後面哭鬧。

但不論怎麼吵，沒有錢就是沒有錢，到了學校，全班只有他和另一個同學沒有繳錢，看著大家都在吃營養午餐，陳董只有羨慕的份兒。

國小畢業後陳董沒能繼續升學，而去當學徒，希望學得一技之長。在當時的風氣下，學得一技之長很重要，因此學修腳踏車、雕刻、做衣服鞋子的人很多。他選擇去學做鞋子，希望學成後可以改善家中經濟狀況，為媽媽分擔一點家計。有了這樣的想法，陳董當然非常努力認真，之後也成了廣受歡迎的大師傅。而雖然收入已經不錯，但他並沒有安於現狀。累積了幾年經驗後，成立了一個自己的小工廠，小工廠一步步從內銷做到外銷，他和員工每天都絞盡腦汁求新求變，將透過發揮一技之長所開發出來的最好技術，結合當時最受歡迎、最流行的款式來取得消費者喜愛。因此在他二十七、八歲時，公司規模已經是台灣五大外銷工廠之一了。

但天有不測風雲，好不容易有的基礎、成就，一把火就將他幾千萬的資產全部歸零，讓他背負了龐大債務。但即便如此，陳董他並沒有選擇跑路、躲避，他第一件事就是將自己名下所有資產全部賣掉兌現，先把員工的薪水都處理好，再來就是跟廠商協商，還一部分的錢，剩餘的再慢慢分期攤還。在遭受那麼大的打擊後，一時整個人失去了方向，但他也沒有時間傷心難過，唯一能做的就只有面對。陳董非常謝謝那些廠商給他時間、機會來處理債務，讓他之後還能嘗試進入餐飲、土地仲介、建築等行業，一路走到今天。

說到建築，他在商界屢創奇蹟、贏得好評，除了陳董看土地有獨到眼光之外，我覺得他的創意和懂得信任專業是最大的成功因素。

一九九九年景氣低迷時，陳董很有魄力地以三十一億多的金額買下信義計畫區土地，後來興建成為台北市豪宅「信義之星」。信義之星的富麗堂皇是有目共睹的，我參觀後最欣賞的是停車場，一般住宅的停車場都在地下室，氣味不好又陰暗，但身處信義之星的停車場不僅明亮，有許多精品擺設，還有中庭、噴水池，讓人完全感覺不到自己是在地下室中。但這成功的建案並沒有讓陳董就此滿足，之後他又建造了「薇閣精品旅館」，聽說薇閣的所在地是當年擁有一百零八個球道、東南亞最大的「世界保齡球館」。陳董有一次和朋友去那裡打球，他很驚訝偌大的球館竟然只有三個人在打，覺得非常不可思議，認為這塊座落市中心的土地應該可以產生更高價值，於是幾經轉折終於取得了那塊地的使用權。

陳董以那塊土地為圓心，將周圍五百公尺以內的旅館、飯店一一投宿評比後，觀察到以女性主導消費的時代來臨了，消費者對於服務業的需求已經不再只是功能性，更是注重感覺、無形價值。因此，他告訴自己：「我要做不一樣的商務旅館！」他和另一位合夥人許調謀決定要把這新成立的旅館，變成台灣旅館業的「新物種」。這兩棟頂級「摩鐵」的確成為改寫台灣摩鐵歷史的劃時代之作，大大顛覆一般人對汽車旅館的傳統印象，更開創台灣的「摩鐵文化」。

而陳董耗費二十三年、位於基隆的擁恆文創園區，再度將墓園、靈骨塔等一般「生人勿近」的事物，成功地結合文創和眾多藝術品，成為基隆的新景點，更是闔家旅遊的好去處之一。我問他為什麼會要做一般人不想碰的行業？陳董說，他在二十三年前取得那塊地，它的都市計畫是墳墓用地，因此就針對它的用途去發想，「我覺得台灣的殯葬文化需要再創新、再革命。我想改變大家對死亡的觀念，希望大家能把親人的過世，轉化為『移居』的概念。」陳董說起他創立擁恆文創園區的核心價值，認為既然是要為心愛的家人搬家，就要細心為他找一個舒適美好的新住所，幫他把家搬到一個美麗的地方，讓他因為家人的愛而永遠存在，成為永恆，並且常常的去看望他，而不是只有清明時才去鋤草祭拜。

既然要慎終追遠、緬懷祖先家人，我們就不應該把祖先當成鬼，讓他們寂寞地獨居在深山曠野、人跡罕至的地方。他借鏡國外，認為英國的西敏寺能成為牛頓、達爾文身後棲所，並做為世人前往瞻仰的觀光勝地，台灣為何不能擁有成為觀光景區的墓園？為了要打破一般人對墓地的既定印象，將大家忌諱的、不想接近的「夜總會」變成一個有空時就想去走走的地方，他所有的設計和理念都是從「生者」的角度出發，結合了文化、創新、藝術、景觀、建築、養生六大元素，並且以多元主題的文創園區，重新定義台灣的殯葬產業，希望能提供具備「逝者以安、生者以慰、來者以遊」的人間天堂。因此，不少遊客根本沒發現自己其實就置身在「墓園」中。

當初去拍攝擁恆文創園區時並不是假日，陳董帶著我遊走園區，我碰到不少前來參觀的旅客，有年輕的情侶，也有來自花蓮的旅遊團，大家對那裡的印象都非常好。除了欣賞美麗的風景、藝術品外，對於陳董的理念也頗為認同。陳董的成功之路並非偶然，也不是倚靠父母、長輩的庇蔭，他不怕吃苦、挫折，踏踏實實地在工作崗位上認真努力。他觀察時局、盡情地發揮創意，他信任專業、勇敢創新，在在都是值得我們學習的好榜樣。

對了，既然這本書談到貴人，在這裡我想提一下陳董和我互為貴人的小八卦，以及從這件事上看到陳董為人的一面。

前面不是提到他情義相挺讓我拍「行行出狀元」嗎？沒想到半年後，當初拍攝的影片成為擁恆文創園區最好的宣傳廣告了。

台灣秀場天王豬哥亮大哥二〇一七年三月因為大腸癌住進台大醫院，五月中的時候因引發肝衰竭於夢中辭世。在豬大哥病危末期，他的家人開始尋找適合安葬豬大哥之處，台灣好的墓園不少，親朋好友們也熱心推薦，但大多只有簡單介紹，沒有影片輔佐，而要他們一個地方一個地方的全部都去看更是不太可能。聽說這時有人將我們所拍的擁恆文創園區影片轉給豬大哥的家人看，由於影片中介紹得很詳盡，景觀、設施也都拍得很清楚漂亮，因此他們就決定立刻去擁恆現場探勘，看的結果自然很是滿意，也就圓滿定案了。因為海內外喜愛豬大哥的人非常多，豬大哥的身後事自然也是大家關注的焦點，而他們為豬大哥選擇的長眠之地更是被媒體爭相報導，擁恆文創園區於是成了網路上大家熱搜的關鍵字。

事實上在豬大哥家人去園區勘查選點時，我和幾個好朋友正在陳董家一起吃飯，吃到一半時陳董手機響了，他跟大家打了招呼後走到別的地方去講電話。我一看主人離席，立刻也跟大家說聲抱歉就往化妝室跑，因為我已經忍了很久了，只是在餐桌上大家又談得開心，我不好意思說出口。

當我往化妝室跑時，經過陳董身旁不小心聽到他小聲地說：「蛤？喔，豬仔！看得怎樣？好，有合意就好！」由於時機太敏感了，我立刻猜到是豬大哥的事。餐後只有我們兩個人時，我問他電話裡所談的，是不是有關豬哥亮大哥？他驚訝地說：「欸！妳聽到囉？拜託，還沒有公開前絕對不要對任何人說！」我當然二話不說地答應他，畢竟這是豬大哥的私事，他的家人、陳董都不說，我有什麼好多嘴的。

直到豬大哥過世後，豬大哥的家人對外公布選擇了擁恆園區做為安葬處，媒體便想採訪陳董，好多媒體朋友找我要他的聯絡方式。還好，我有先見之明，在此之前我已先打電話問過他，如果有人因為豬大哥的事要找他，可不可以將電話給對方？他還是謹慎地說：「冰冰，這件事能講的只有豬大哥的家人，我一個字都不方便說。」之後，即使豬大哥的身後事一切都已明朗化，面對媒體的訪問，他仍非常低調的請公司的人處理、接待。

我認為這也是他成功的原因之一，陳董不會為了一己之私、借機為公司做宣傳而出賣了自己做生意的誠信，進而損傷了顧客的權益。這樣的企業家是值得稱許、學習的。

欲成大器，先要大氣。
性格不驕不躁，氣勢不張不揚，
靜得優雅，動得從容，行得洒脫。

靠爸靠媽，不如靠自己！

歌仔戲名伶高玉珊的兒子小杰，
放棄五光十色的演藝圈，捲起衣袖成為搬家粗工！
他明白，只要務實工作紮穩馬步，
就能扛起自己的一片天！

「光陰似箭、日月如梭」，一句形容時光飛逝的用詞，到了今天我才能真正體會到……二十年了，這二十年間我歷盡痛苦、折磨、沮喪、無望、憤恨、無奈種種情緒，也真的體會到什麼叫做度日如年。連哭了十幾年才慢慢走出來，那些年不論是家人、朋友甚至陌生人給我的關懷及幫助，始終無法讓我真正地從痛苦的深淵中脫身。然而我並不想繼續沉溺在負面的情緒裡，思考許久後我決定做些改變，不倚靠外援、自己幫自己。

首先，從每天生活的家做起，讓它有個新氣象吧！我從曉燕的房間開始著手。在那之前，曉燕的房間像是冰封了般，所有的東西都原封不動地放著，我常常進去看一看、想一想、情緒來了哭一哭。那天我決定將書桌上、抽屜裡的東西一一歸類放好，將書櫃上的書收進紙箱，將搭在椅子上的衣服摺好放進衣櫃。東西收拾完了，才想起事件發生之初，就有很多朋友勸我把曉燕的東西收拾好，切莫時時觸景傷情，但我覺得留下她的東西、看著她的遺物，會有很多的回憶，無論這回憶是甜蜜的還是傷心的，都已經是我生命的一部分了，我不願意改變，更不願意失去睹物思情、想念她的權利。到如今我想想該是收拾的時候了，看看窗簾舊了，想換；牆上的壁紙舊了，也想換。東看西瞧地想換的東西太多，心想乾脆整個家重新裝潢一下。

於是我請設計師來，討論該如何換新，傢俱、動線怎麼安排，裝潢有了共識後設計師告訴我，家裡現有的東西都必須先搬走才能開始動工，並且整個家裡裡外外全部裝潢好大概需要半年到一年的時間，我和媽媽也要另找住的地方。我想住不是問題，在附近租個房子就好，至於傢俱的搬遷以及暫放之處，就請設計師幫忙安排。結果搬家公司估價後，光是搬遷就要四、五十萬。

那天夜裡我想著搬家的事，忽然想起了高玉珊說過她兒子在搬家公司上班，我還曾經數落玉珊怎麼自己當明星，讓兒子去做這麼粗重的工作？我當下立刻打電話給她，玉珊接起電話：「冰冰，難得妳打電話來，找我有什麼事情啊？」玉珊說起話來一向是很親切、輕聲細語的，我笑說不是找妳而是要找妳兒子孫偉杰。小杰接電話後我問他是不是還在幫人搬家？小杰跟我說還是在搬家沒錯，但他已經自己開公司當老闆了。我一聽很開心，覺得這孩子真是不簡單，跟媽媽一樣刻苦耐勞又有能力，真是有其母必有其子。

我和玉珊的緣分是從歌仔戲開始的。玉珊原是中視戲劇團的成員，以扮演「花旦」出名。歌仔戲中有一句口訣：「小生目睭吊時鐘，小旦目尾牽電線。」旦角分幾種，有小旦、花旦、老旦、武旦、苦旦之分，小旦與苦旦的扮相須楚楚可憐、含情脈脈地引人憐愛，武旦又稱刀馬旦，必須有些武功底，花槍劍舞、翻筋斗、下腰，都要從小就要下功夫；而花旦要具備嬌俏、柔媚、豔麗及優美唱腔與身段，尤其眼神顧盼之間更要勾魂攝魄，令人動心！年輕時候的高玉珊就是具備了以上所有好條件。到了一九七二年，玉珊成為台視楊麗花歌仔戲團主要演員之一，除了會唱、外型又好之外，她也很敬業，她到台視的第二年懷孕生下老大，但一滿月後就立刻回團裡報到、恢復演出，當年楊麗花的歌仔戲幾乎都有她的身影。

九〇年代後由於楊麗花歌仔戲團產量減少，再加上有線電視崛起，歌仔戲的榮景已不復存在，無法再像七〇、八〇年代那樣擁有眾多觀眾群。有了收視率的考量，加上製播歌仔戲要花大錢，電視台拍新戲的意願自然就不高，因此許多歌仔戲演員失去工作，甚至生活無以為繼。所幸玉珊除了歌仔戲之外也參加閩南語戲劇的演出，一九九二年就曾以《意難忘》入圍金鐘獎，之後又以《把愛找回來》獲得金鐘獎戲劇節目女配角獎。玉珊的演技沒話說，她得獎實至名歸，只要有看過我在八大主持的節目——《我愛冰冰》的觀眾就知道，她在演出時是沒有包袱、不計形象的，製作單位給她什麼角色，她都能演，而且演得很好。

記得《我愛冰冰》有一集演的短劇是《西遊記》，那天飾演豬八戒的演員生病沒來，但豬八戒的戲份又很重，放眼望去一干演員中，唐美雲演唐三藏、方駿演沙悟淨、我演蜘蛛精，實在找不出一個足以勝任的好演員來演天蓬元帥，導演為難的問玉珊可以演嗎？沒想到她一口答應，完全不計形象的穿起豬八戒的大肚裝，看她揹著假肚子、戴著豬鼻子、掛上兩隻豬耳朵，還把眉毛用黑膠帶貼成兩片海苔，一面說台詞一面發出豬的鼾聲，她的造型已經讓人笑翻天，她的演出更讓所有人笑痛肚子，連攝影師都從頭笑到尾，笑到攝影機都在抖動。我真的是很佩服她，因為從來沒看過哪個美女願意演豬八戒的，她是台灣演藝史上的第一人。

無論什麼時候，玉珊總是笑臉迎人、看來無憂無慮的，沒想到她在得獎的前幾年竟然被人家倒會，賠了很多錢、揹了許多債，要不是錄影空檔聊天時談起，我根本看不出來她有財務上的壓力。玉珊說被倒會後，她一心想趕快把錢還清，於是除了演戲之外，還投資好朋友的科技公司，想說做生意錢可以賺得比較快。但玉珊說沒想到運氣不好，「走了個謀財又來個害命」的，不僅錢沒賺到還又賠了三、四百萬。不過幸好朋友要她繼續加碼投資時，她評估了自己的能力與狀況，適時踩了煞車沒有再丟錢進去。最後，還是專注於自己專業、熟悉的老本行，努力演戲、上節目賺錢。

玉珊有個好兒子，很孝順地想分擔媽媽的債務。那時小杰剛服完兵役退伍回來，知道了家裡的狀況後跟玉珊說：「媽媽，您現在的戲不多，我去搬家公司上班，薪水還不錯，只要勤勞一點就能賺得更多一些，可以盡早解決所欠的錢。」為人父母，總捨不得孩子太過勞苦，因為搬家除了辛苦外也很容易受傷，所以玉珊本不同意，但孩子這麼有心又胸有成竹，便還是讓他去嘗試看看。

小杰剛進入搬家公司時，一切從頭學習，畢竟是個靠勞力的工作，我曾經看過他們搬家的過程。偌大的冰箱掛上背帶，僅一個人就揹著走；而碩大又沉重的衣櫃就由小杰以及另外一個同事，兩人綁了兩條背帶奮力扛起。我看了好心疼，問他會不會閃到腰啊？看著個頭並不大的小杰，我問他如何勝任？他回答我在舉重物之時，都會先紮穩馬步，一個深呼吸、運足了氣再揹起重物。小杰請我不用擔心，他還有母親要奉養，一定會好好保護自己的，不能讓媽媽操心。這番話讓我聽了好感動！很快的，努力拚搏的小杰兩年後就自己創業成立了搬家公司。創業初期姑姑孫翠鳳要資助他，但小杰不肯，他想以自己的能力慢慢將生意做起來，而不是倚靠長輩的協助。因此他穩紮穩打、不好高騖遠地從兩個人的小規模公司開始。由於服務好、價格又很公道，慢慢建立了口碑，曾經找他搬過家的客戶，都會主動幫忙再介紹親朋好友的生意給小杰，於是兩年後，基礎穩固了便擴編再新添了二、三

台車、增加了幾個人手。我聽玉珊說小杰不僅細心、注意細節，以客戶利益為先，對於經濟狀況較不好的客戶，他甚至會提供免費搬家服務，當做是做公益回饋社會。

因為曾聽玉珊提起過小杰的孝順，所以家裡裝潢、需要搬遷傢俱時我想起了他，打電話給他時才知道他已經自立門戶。當時我問小杰他公司的規模有多大？屆時會有多少人來搬？他很老實地說公司才剛成立不久，只有他和同事兩個人。「蛤？兩個人？那要搬到什麼時候？」我不禁納悶擔心。但小杰說：「阿姨，您的傢俱、藝術品都是很高級的東西，需要謹慎處理，如果您找一般的搬家公司，雖然一次出動十幾個人搬得快，但人多搬得快，出問題的可能性也很大。如果物品有什麼損傷，很難釐清責任，只賺微薄薪資的工人更無法依您的要求賠償損失！而我們雖然只有兩個人，需要的時間可能久一點，但若是出了問題，是無法推托卸責，一定會負責到底的。」我聽他說得有道理，就請他來家裡實際看一下要搬的東西，順便估價。沒想到小杰估的價錢只有十幾萬，跟第一家搬家公司差了好幾倍。

價錢雖然便宜，但他們的服務卻很精緻、專業。小杰和同事非常仔細地用各種特殊的護套、毛毯、氣泡紙……分門別類將傢俱包裝好，格外小心謹慎地搬動，因此家裡裝潢好後要再將東西搬回來時，我便放心地交給小杰處理，他也依然做得很好，甚至還幫忙就定位，真是非常努力認真的年輕人。

小杰第一次來家裡估價時，我看他不但外貌佳，應對進退也很得體，很好奇他怎麼沒有去當藝人？於是我問玉珊，他們是演藝世家，爸爸當導演，媽媽是著名小旦、金鐘演員，姑姑是大名鼎鼎明華園的台柱，更演過許多電影、電視劇，在這種環境下耳濡目染長大的小杰又長得帥，怎麼不讓他往演藝圈發展呢？玉珊說很多人都這麼問過她，其實她和先生並沒有干涉孩子們對於未來的選擇，是小杰自認對於進入演藝圈後的成就沒有把握，也不想倚靠爸爸媽媽及長輩們，所以選擇了比較務實、能夠勝任的工作。

聽玉珊這麼說，我很讚賞小杰。他沒有被五光十色的演藝圈所吸引，也不羨慕藝人的光鮮亮麗，而是腳踏實地、目標清楚地選擇自己可以駕馭的工作，是個很不一樣的星二代，我祝福他鴻圖大展，在他的專業裡營造令他家族更驕傲的成績。

我想，無論是星二代、富二代，只要是什麼的二代總容易被大眾拿出來做比較，甚至冠以「靠爸族」、「靠媽族」一詞。台塑集團第二代接班人王文淵先生，曾說過一段很具代表性的話，他說：「我做得好，人家說是上一代強，我做不好，說我是了尾仔子。」這段話很能道出二代無奈的窘境。我覺得我們的社會已逐漸遠離了以前的善良敦厚，對人對事缺乏鼓勵與讚美，表現出來的經常是負面的批評。

我認為倚靠父母、長輩的資源並沒有不對，有好的基礎為什麼要放棄不用？重要的是自身的本事有多少？有沒有承接資源的能力？有沒有好好認真努力將其加以運用發揮？所謂師父領進門，修行在個人，人生在世不外乎家庭、工作、朋友、健康……不論我們靠誰跨出了第一步，最終都還是要回歸自己，靠自己才能長久、才能擁有屬於自己的一片天。所以，有幸擁有家庭資源的人無須避諱，應該要坦然、勇敢的承接，不必害怕擔心別人的閒言閒語，盡力做出自己的一番氣象；而需要靠自己胼手胝足、白手起家的人，則努力專注的奮鬥、與人為善，終會遇到開花結果好收成的時節。

要出頭，免驚「厚臉皮」，我就是不要臉

人生讚不讚，要靠自己按！
跑遍台灣南北大小夜市菜市場，
我不計形象、突破傳統的厚臉皮推銷術
不但讓專輯有了好成績，
更贏得「夜市歌后」的封號！

自十九歲第一次站上舞台演出、第一次被人稱為「白冰冰」開始，到了我三十幾歲時一轉眼十五年過去。雖然終於進入電視圈並且擔任葉青歌仔戲《蛇郎君》的女主角、有了一點點知名度，但我熱愛的歌唱事業仍沒有起色，我在秀場的表演還是停留在唱開場的階段。

正有些心灰意冷時，曾經在藍天歌廳幫助過我的黃瑞琪老師打電話邀我灌唱片。灌唱片是我多年來夢寐以求的心願，以前四處請託都無法如願，現在黃老師主動找來，我當然是不假思索地立刻答應。雖然不知道我的天使為什麼突然出現，而且這天上掉下來的餡餅，可是扎扎實實真材實料的。這張唱片的主打歌〈唱袂煞〉是由黃瑞琪老師作詞，邱芳德老師作曲、編曲，原本是為陳盈潔所寫，但因緣際會地轉到了我手中。

專輯裡一共收錄了九首台語歌，都非常好聽，像是〈毛毛的相思雨〉、〈相逢乾一杯〉、〈勸浪子〉、〈兄弟的心聲〉……我對於這難得的機會非常珍惜，也就格外用心去唱。專輯錄好了，黃老師抱著偌大信心與希望到處去找發行商，沒想到卻處處碰壁、還被人譏笑：「為什麼捧一個已經有點年紀的新人？」甚至某位老闆還說了很傷人的話：「她若會紅，我把頭剁下來給你當椅子坐！」但，黃老師對我的演唱很有信心，再加上我很努力又積極，所以不論別人如何批評，黃老師仍是堅持要把機會給我。

雖然通路一片不看好，但，最終還是出片了！黃老師的太太在出片後打電話給我：「冰冰！妳一定要努力幫忙推銷唱片喔，灌唱片的錢可是黃老師拿著唯一的房子去抵押借來的，可以說是把身家都賭上了，妳一定要加油喔！」一聽黃老師的太太這麼說，我原本就緊張的心更加七上八下了。這壓力實在太大，我出不出名似乎不那麼重要，重要的是我不能讓黃老師血本無歸，讓他連房子都沒了！

雖說是唱片公司，但其實是老闆兼送貨夥計、歌手兼包裝工人，所

有一切要做的事：包裝、送貨、記帳、宣傳……兩坪大的公司堆滿了我的唱片，我與老闆要說話得隔著唱片山用喊的，地方太小走都走不過去，老闆家人想要來幫忙卻無處可容身，因此大小事務我們兩人全都包辦，專輯推出後忙得不可開交。黃老師帶著我去拜會各地區盤商，請他們幫忙推這張專輯。第一個月，市場上沒有任何動靜，我內心好著急，黃老師太太的話又言猶在耳，我覺得不能只寄望、倚靠別人幫助，自己應該自救自助、做些什麼才對。但，完全沒有經驗的我不知道該如何著手，看著公司堆積如山的唱片，原封不動的擺在那裡，我們快急瘋了！想破了頭擠不出任何方法，後來想想，那就先去唱片行看看好了，走到第一前線看是最直接明瞭的。在沒有告訴黃老師的情況下，我一個人跑去了當年最熱鬧的「中華商場」的唱片行。

看了好幾家唱片行，我發現自己的唱片都被放在角落，要仔細找才會發現。我不知道如何才能改善這個狀況，只能老實誠懇地跟老闆溝通、請託。我先向老闆做自我介紹，告訴他這是我的第一張專輯，裡面的歌都很好聽，希望他能給我機會，讓我將唱片放在比較好、比較明顯的位置。雖然各家老闆反應不一，但想當然一律都是拒絕的。比較客氣的就直接拒絕我、告訴我「不好意思，沒辦法喔！」比較不客氣的是將我上下打量一番後翻白眼給我看，還有的直接嘲諷說：「妳自己看看，上面不是鳳飛飛就是鄧麗君，就算我把妳擺上去了也不會有人買，等妳紅了再說吧！」心裡雖然很難過也覺得很丟臉，但老闆說的是真話，我找不到地洞可鑽進去，只能脹紅了臉跟老闆一鞠躬說聲「謝謝你！」後，便低著頭趕緊離開。

但我就像打不死的小強一樣，不死心地找了另一家店的老闆商量、請他把店裡的唱片借給我，讓我親自向顧客推銷。老闆拗不過我最後只好同意。我拿著唱片對經過的路人宣傳：「我是白冰冰，這是我的新專輯，很好聽喔！」看到有停下來的計程車，就立刻小跑步過去向司機推銷：「我是白冰冰，這是我的新專輯，也有錄音帶你可以買兩卷，大卷放在車上和客人一起聽，小卷帶回家和家人分享！」我這樣一一宣傳，所得到的反應不一，有的推說不喜歡、有的勉強買一卷。

不過也有像天使般給我鼓勵的人。記得有一個阿伯聽了我的推銷後，就對我說：「查某囡仔，妳真認真打拚，我很佩服妳，我買十二卷！」我一聽高興得不得了，但驚喜之餘卻感到納悶：「阿伯，您買那麼多要做什麼？您開了很多店嗎？」阿伯笑笑說：「不是啦，我沒有開店、家裡也沒有錄音機，我只是想留一卷當做紀念，其餘的拿去送給親戚朋友啦！」聽了阿伯這番話，讓我感動得熱淚盈眶，忍著不讓眼淚掉下來，點頭如搗蒜、感恩再感恩。

站在唱片行門口推銷一整天，居然也賣出了幾十張唱片與好幾十卷卡帶，我的努力唱片行老闆看在眼裡，在我推銷過程中還親自拿水出來給我喝，最後與老闆結算時，老闆大感意外對我很是肯定與欽佩。

他說大牌歌星們一天差不多也就是這些銷量，對我的努力，言語中充滿了讚嘆，趁此機會我對唱片行老闆說：「老闆，你看，我的專輯還是有人喜歡、有人買的，只要你肯給我機會，讓我的唱片放在好的位置上讓大家能看得到，就有機會賣出去，我出這張唱片花了我們唱片公司老闆的全部家當，這是我僅有的一次機會，我已經唱了十八年都唱不紅，拜託！一天就好，可以嗎？」老闆對我說：「我從來沒看過一個歌手沒有唱片公司的人陪著，自己在唱片行、在路邊厚著臉皮自我推銷的。好吧！妳自己看，愛放哪裡就放哪裡吧！」得到老闆應允後，我就老實不客氣的把我的唱片大大方方放在進門處第一排正中間，兩旁是鳳飛飛跟鄧麗君，老闆在一旁看到忍不住笑了出來！

雖然好不容易爭取到好位置，但我暗自忖度著老闆可能只是敷衍我，畢竟開門做生意就是要賺錢，好位置當然還是屬於大牌歌手的，也許等我離開後他就會把我的唱片丟到一邊去了。想不到我隔天再去

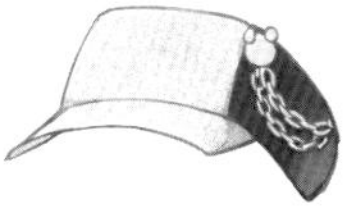

時，《唱袂煞》還是放在我選的那個最明顯的位置上。我連忙謝謝老闆，老闆笑著對我說：「應該謝的是妳自己！妳的專輯賣得不錯唷！」

既然有了先例，我就每天跑到不同唱片行依樣畫葫蘆地推銷，一個月下來跑了幾十家，專輯的銷售很明顯地上升了。黃老師覺得這個方法效果不錯，於是就開始陪著我往中南部的唱片行進攻、推銷我們的新專輯。全省唱片行都跑透透之後，黃老師想以此方法讓我朝菜市場、夜市進軍。這真是個好主意，因為全省都有菜市場、夜市，這些地方聚集的人比唱片行還多，說不定成績會更好，於是我興奮地開始著手準備要用到的「傢私」（台語，「工具」之意）。

我身上斜披著大紅色絨布條、布條上貼著用黃紙剪出的「白冰冰唱袂煞」六個大字，而黃老師拿著擴音器大聲喊著：「歌壇新人白冰冰《唱袂煞》，大家趕緊來買……」我們兩個在夜市裡就像在競選民意代表一樣，黃老師負責喊、我則一手拿著專輯一手向大家揮手致意。

剛開始這種史無前例的賣法讓我很難為情，因為實在很像跑江湖賣膏藥的。但一想到黃老師的房子、其他幾位出資人的老本，我只好放下身段、強顏歡笑地拚了！

一開始我們仍以北部為起點、從黃昏市場開始推銷，擠在一個借來的賣魚攤位上，強忍腥臭味唱著〈唱袂煞〉，和一旁此起彼落叫著的雞鴨鵝們比嗓門兒，如今想起當時的情景實在令人莞爾。到了晚上七點夜市開始後，我們就一連趕二、三個夜市，甚至碰到有開到凌晨的夜市時，我們還會再趕第四場。

由於夜市總是擠滿了人潮，嬌小的我為了不被淹沒在人群中、讓大家能看得見，我都會自備舞台——板凳，站在上頭表演。那張小小的板凳是我的專屬舞台，我腳上蹬著七吋高跟鞋，站在小板凳上使出渾身解數盡情地又說又唱。每次開場時，我就在板凳舞台上詼諧地自我介紹：「大家好，我是港姐，基隆田寮港的港姐！也是天下無敵，世

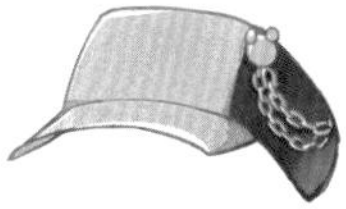

界第一的超級大美女白冰冰！」在場所有聽到的人都會笑個不停。等大多數人的腳步停下、目光向我集中時，我又拿出看家本領唱著我的主打歌，再穿插向夜市攤販和顧客插科打諢、吆喝大家掏腰包買錄音帶的功夫。

自從我直接與顧客面對面後，我發現大多數的台灣人都很害羞。我唱了半天，大家雖然覺得好聽，卻沒有人會掏錢出來買。此時我就會開始發功——推銷功，先鎖定一個目標推銷，結果，只要有一個人開始買，其他的人就一窩蜂地掏腰包了。有時除了買錄音帶也會有人要求我簽名，但通常只要一開賣生意就會源源不絕地一直來，人手非常有限的情況下，旁邊擺攤的老闆還會放下自己的生意，幫忙我們拆錄音帶的塑膠封套、補貨、收錢。現在事隔這麼久了，那些曾經幫助過我的人到底是誰，其實我都不知道，有賣雞的、賣鴨的、賣魚的、賣內衣襪子的、賣鞋子的，總而言之我真的感謝這些可愛的陌生人，他們個個都是我的貴人，台灣人真的是非常可愛、熱情，讓人覺得很溫暖！

夜市叫賣果然比站在唱片行門口推銷更有成就感。跑完北部的夜市後，我們繼續往中南部前進，前前後後總共跑了一百多個夜市，再加上電台宣傳，每天從早到晚唱個不停說個不停，大家都誇我是鐵肺鐵嗓。每天回到家都得先用熱水泡腳，蹬了一天高跟鞋的小短腿又腫又痛又起泡，差點沒長雞眼。雖然辛苦，但生意好到讓大家都忘了辛勞、做得非常起勁，回想那種一起奮鬥打拚的感覺，真好、真難得。這樣不計形象、突破傳統的創意式推銷，不僅讓專輯有了實質好成績，也讓我贏得了「夜市歌后」的封號！

對於台灣的鄉親們，我永遠懷著一顆感恩的心，那段站在唱片行門口推銷、在夜市打拚的日子，若不是大家給予支持，我可能不會有今天；對於那時嘲諷我若是會紅，就要把頭剁下來當椅子坐的老闆，我也感激他，謝謝他的話激勵著我，讓我不畏艱難地往前衝，讓我體驗到「天生我材必有用」、「有經霜雪有逢春」兩句話的涵義。

所有有心向上的朋友可以以我為鑑，只要肯努力、不向命運及環境低頭，在自己的領域上下苦心、發揮創意，終會有出頭天的一日。有人說成功是熬出來的，這「熬」字我體驗太深了！熬過了不紅的十八年、熬過了艱苦的夜市奮鬥、熬過了人們所說的鄙視我的話，「熬」字一點也不深奧，但需要時間來體驗，好比煎中藥一碗煎到剩七分，不都是需要時間的嗎？所以尚在熬的朋友千萬別著急，我將勉勵自己的話分享給大家——人生讚不讚，要靠自己按，無論人生有多爛，努力按出一個讚！祈願大家都能有個如意又很讚的人生！

媽祖出巡唱袂煞！

「哇喔～今天北港媽祖出巡齁？還是鑲金身的呢！」
沒想到第一次上節目的「突出」裝扮，
被群眾笑到真歹勢，
以為是丟臉，結果是出運，
我，從此開始了一連串「唱袂煞」的電視人生！

八〇年代，台灣電視生態還是老三台時代，大型綜藝節目非常蓬勃，許多膾炙人口的節目，像是張小燕主持的《綜藝一〇〇》、《週末派》；鳳飛飛主持的《一道彩虹》；張菲、倪敏然主持的《黃金拍檔》；高凌風主持的《臨風高歌》……都是老少咸宜、收視率很好的節目。因此，每個歌手出新片都想上這些節目打歌。一九八四年出了第一張台語唱片《唱抹煞》的我，當然也希望能夠上這些節目為新歌宣傳，但我和公司卻苦無門路。

當時一個很受歡迎的節目叫《雙星報喜》，我去拜託製作單位給我機會上節目打歌，他們告訴我這是華視演員管理組在安排的，於是我跑去找管理組幫忙，但管理組人員跟我說，這怎麼是找他們呢？當然是要找節目的製作單位啊！兩邊推來推去互相打太極拳，我雖然失望，但想想自己並不是個咖，怪不了別人。這時有人好心告訴我：「妳要送禮人家才會幫妳啊！」哦，原來是沒送禮，我怎麼會沒想到呢？

回家後左思右想該買什麼才好，心裡盤算了許久，貴的我買不起、便宜的又送不出手，不知道該怎麼辦。其實囊中羞澀的我並沒有太多選擇，最後，咬緊牙根地買了兩瓶 XO 送去給製作單位。禮，順利地送出去了，但空等了幾個月卻沒有下文，一個通告都沒上門。我想是不是送的禮不夠？於是我又買了兩瓶 XO 再送一次；果然，這一次仍是石沉大海、沒消沒息。

《唱袂煞》在市場上發行好一陣子，銷售不佳，我焦急地跑去唱片行直接向老闆及民眾推銷自己，沒想到竟然有了點兒效果，於是唱片公司老闆黃瑞琪老師就開始陪著我跑遍全省做宣傳。唱片行都跑完一圈後，黃老師又想到了人潮眾多的夜市。雖然辛苦，但只要是對唱片銷售有幫助，我都拚了命去做，配合黃老師的安排，再一次來個北、中、南大巡迴。沒想到，夜市的效果比唱片行還要好，我還因此接到了全台非常受歡迎的廣播節目《夜光家族》的訪問，有了電台宣傳，《唱袂煞》的銷售成績果然直線上升。

半年後，這張唱片總共賣了二十多萬張，對一個不靠電視打歌的新人來說，這種成績真是一項奇蹟啊！我想電台的效果這麼好，電視一定會更棒。雖然剛出片時碰了釘子但我仍不死心，我想《雙星報喜》不行，去問問曾在秀場合作過的小老弟胡瓜好了，看看是否可以上他和鄭進一主持的《鑽石舞台》。我跟胡瓜說：「胡瓜，我出唱片了，歌是真的蠻好聽的，但一直上不了電視，我的表演你是看過的，你可不可以安排讓我上你的節目？」胡瓜說他只是個主持人，上節目的人選要由製作單位來決定，但他可以幫忙去問問看。雖然胡瓜沒有承諾我可以上節目，但他願意幫忙去問就至少有點機會。果然，沒多久，我就接到《鑽石舞台》發來的通告。

第一次去《鑽石舞台》錄影，製作人是王鈞先生，他是個超級大嗓門，工作態度非常認真嚴謹，時常可聽到他一下罵這個一下吼那個的，第一次見到他讓我好膽怯。那天一個負責音響的工作人員在試音，不停的重複：「one、two、one、two……」王鈞正在生氣飆罵，旁邊試音的一直吵他，他突然轉向那個工作人員：「我╳╳╳，老子正在講話你一直one、two、one、two，你不能講點別的啊！」「three、four、three、four……」工作人員的立即反應其實是超好笑的（這成了我們圈裡非常大的一個笑話），但王鈞這麼兇我們都很害怕，所以不但笑不出來反而更加緊張了。

好難得終於可以上一次電視，我特別選了一件金蔥布做的蓬蓬裙大禮服，上面還有自己親手釘滿的亮片，配了一頂大帽子、帽子上還有一朵大花，看起來超級隆重，左看右看鏡子裡的自己，嗯，很滿意了。緊張的準備好後終於有心情可以看看身旁其他藝人。哇，我一看大家穿的跟我好不一樣喔！王傑穿了一條破牛仔褲、飛鷹三姝穿得清純可愛像鄰家女孩、張雨生穿得像個大學生一樣……他們每一個人都穿得

「好隨便」。我當時真像個井底之蛙，不知道大家流行些什麼，也笨的沒有想到在上節目前先研究一下，看看別人如何穿搭。我那時還好心的問大家：「要開始錄影了耶，你們怎麼還不趕快準備？」但大家卻回答我都準備好啦！我嚇了一跳，我說你們就穿這樣喔？我覺得好奇怪，這些人怎麼這樣，要上台了耶！居然穿得那麼休閒！

終於要錄了，節目一開始是「流行四十五轉」的單元，就是不論快歌、慢歌，每個人都要用快節奏唱一段。我的〈唱袂煞〉原本是哀怨慢板的，雖然唱得好不習慣，但為了節目單元只好努力配合節奏。等每一個歌手都唱完後，大家一字排排站好等著主持人訪問介紹，鄭進一先介紹站在他右邊的歌手：「我們歡迎張雨生、王傑、裘海正……」然後胡瓜接續介紹左邊歌手時，他一轉過來：「哇喔～今天北港媽祖出巡喔？還是鑲金身的呢！」他看到我後說了這麼一句，現場觀眾立刻爆笑出來，我雖然覺得害羞難為情，但還是立刻機智的回應他說：「那你要不要鑽轎底啊？」現場又是一陣哄堂大笑。他看效（笑）果十足，便繼續開我玩笑說我手指短什麼的，我又馬上回他：「雖然短但卻蓋高尚喔！」我還特別舉起大拇指比了一個讚（這就是我「蓋高尚」招牌動作的由來）！就這麼一來一往連著幾個笑點，不僅把現場氣氛炒到最高、觀眾們被逗得樂不可支，連一開口就是我╳╳的製作人王鈞都笑到肚子痛。

錄影結束後我覺得很丟臉，畢竟誰會喜歡在台上被人取笑呢！不過黃瑞琪老師跟我說：「沒關係，獨樹一格表示妳突出，容易讓人留下深刻的印象，大家笑妳、討論妳、妳才會紅！」果然第二個星期《鑽石舞台》主動來找我了。原來是錄影時製作人王鈞一邊看一邊笑還一邊連著說：「我╳╳，這個女的哪來的？」、「我╳╳，這個女的太好笑了！」、「我╳╳，叫她下禮拜再來！」。

因為製作人的一句話，我才又接到《鑽石舞台》的通告，我開心極了，我趕忙在電話中跟發通告的人說：「不好意思，我上禮拜穿錯衣服，這禮拜我會跟大家一樣，穿正常的衣服去錄影，歹勢歹勢齁。」我心想，自己的缺點自己趕快說出來，好給工作人員一個好印象，沒想到工作人員跟我說：「千萬不要，拜託，請妳繼續保持跟上次一樣！」沒想到真如黃瑞琪老師說的，我第一次的「突出」裝扮，竟誤打誤撞成了節目最精采的一段。因此，我繼續穿著隆重的秀場衣服去錄影，想當然爾，我是去被取笑的，但為了爭取上節目的機會，我只好自娛娛人的保持「特色」。

我一連上了好幾次《鑽石舞台》，把在秀場、夜市表演的那一套都搬出來，越來越受歡迎。有一次，我被安排在節目中表演模仿比莉。事前，我特別到比莉家去學，還向比莉借了衣服，練了一晚，從完全不會練到維妙維肖。當場，比莉就對我說：「冰冰，妳會紅！」

由於反應靈敏加上自我消遣，而且只要製作單位要求，無論模仿郭富城、趙傳、藍心湄、比莉，我都照單全收也努力的做好。我的犧牲形象得到了代價，連續錄了幾次《鑽石舞台》後，其他節目的製作單位注意到我了。當時台視很紅的節目《天天開心》開始邀我去上節目，由於收視率好，同樣由曹景德製作的《開心舞台》、《金舞台》也發通告給我，緊接著連當初想盡辦法請託多次都不成的《雙星報喜》也主動來找來了。我一下子迅速紅了起來，從此之後再要上哪個節目都不成問題、不再碰壁，更不用傷腦筋要送什麼禮去到處拜託了。

不論什麼行業，要在職場上做出一番成績都是不容易的，我常告訴自己「天生我材必有用」，不須看輕自己更不要看輕別人，找出自己的長處努力用心的學習、發揮，要爭得一片天不是不可能，怕的是無法認清自己又不能承受挫折，碰到困難就打退堂鼓的人。

冰冰姊希望能藉著自己的故事提醒每個工作崗位上的人，職場生存不易，要互相幫助互為提攜，因為地球是圓的，風水輪流轉，什麼時候轉到哪兒？怎麼轉？誰都不知道。今天你幫我、明天我幫你，大家一起成長彼此互為貴人，不是很好嗎！

Chapter2
會做人

一堂兩千萬的課

當年我為了兩千萬、不懂事地離開三立之後，
總經理張榮華不但沒有惡言相向，
更在我遭遇困境時給予安慰。
這堂兩千萬的課彷彿當頭棒喝，
教會我如何做人，如何更圓融地待人處事。

還記得二十幾年前的一個晚上，我高舉著雙手將支票對著燈，想看清楚到底是不是真的；我把支票貼在額頭上，想感受一下被錢壓的滋味。

大家所熟悉、推出許多叫好又叫座戲劇的三立電視，它早期只是高雄一個規模不大的自製錄影帶商，總經理張榮華從篳路藍縷到現在不論是節目的行銷、製作、導播、節目安排無一不精通，他的努力認真是我很敬佩的。一九九一年我在三立影視錄製《金牌點唱秀》秀場錄影帶時，張總是那個節目的製作人兼導演、導播，他為人豪爽，對我照顧有加。

我在三立錄影的最後一天，下午快四點時接到媽媽的電話後，心情立刻像中了頭彩般地雀躍歡欣。但那種快樂得要放鞭炮的心情只維持了三秒，下一秒鐘我立刻焦慮了起來，我開始傷腦筋要怎麼向張總開口？會這麼煩惱是因為我昨天錄完節目後跟巨登的總經理吳弘文見了面。

接完電話繼續錄節目錄到六點半要放飯了，同場節目中有當時很受歡迎的余天、賀一航，張總一如往常地從導播室跑來問我們：「今天晚上吃什麼？要吃哪一家？」看著他笑盈盈的臉，滿懷愧疚的我覺得沒臉再讓他請我上餐廳吃飯。我就提議：「張總，今天不要出去吃了，我有事要跟您討論，我們吃便當好不好？」張總戲謔又好笑地看著我說：「蛤？吃便當，妳這個『么鬼』要吃便當？講真的嗎？」真的、真的吃便當就好，我靜靜地站在他面前，越來越小聲的回答他。他又說：「吃什麼便當啦，前幾天附近開了一家新的館子，走啦！」我還是堅持不去，並且說有事情想跟他講。平時的我為了受到青睞、吸引大家目光，總是笑容滿面，很活潑開朗、嘰嘰呱呱的。張總從沒看過我這麼正色、安靜的樣子，所以還一副不可置信地盯著我、頭點了又點地向我確認。

我不知道張總是不是還問了其他藝人是否要出外吃飯，但後來他也沒出去且便當送到了攝影棚。張總拿了他和我兩人的便當跟我一起坐在會議室裡，他大口大口地吃著飯，低著頭邊吃邊問我：「嗯，妳不是有事要跟我講？」我當時的心情就好像是個背叛家庭、要跟別人跑的女人一樣，不知該如何啟齒。手緊握著免洗筷吞吞吐吐地說：「張總，我……我要向你辭職。」「蛤？」張總立刻抬起頭來看著我，剛挾起的那口飯，零零落落的掉回飯盒中，空盪盪的筷子就這麼停在半空中。會議室就像電腦當機般定格在那兒，張總那時的表情永永遠遠地印在我腦海裡。

「為什麼？」張榮華有些愣住似地問了一句。

「我昨天跟巨登錄影帶的吳弘文總經理見面，他要我過去巨登，他說願意付給我巨酬，但我只能兩家選一家……」我坦白對張總說。

他立刻就知道我要說什麼，於是第二句話緊接著問：「他給妳多少錢？」

「兩……兩……兩千萬！」我囁嚅著。

「是六千還是兩千？」張總再問。

「兩千！」我不敢正面看他，我的眼睛始終盯著自己的飯盒，卻緊張到一口也沒吃，張總放下筷子長嘆一口氣，沉默了五秒。世界像是空氣凝結般靜止不動。他看著我說：「妳把錢還給他。」我怯怯地沒講話，沒講話的原因是我在想這要怎麼還給人家啊？他沒等我回話繼續說：「妳把錢還他，兩千萬，我給妳！」聽他這麼一說我都快哭出來了，我說：「可是我今天早上已經把支票存進銀行了，下午我媽打電話來告訴我說錢已經入戶頭了。」張總把面前的飯盒推到了一旁無心再繼續吃：「妳可以去談談看嘛！妳就說公司不放人，不讓妳走，跟他說妳會把錢還給他。」

「妳要錢可以跟我說啊！妳沒跟我說，別人給妳錢妳就走了！」張總的話聽來有些氣惱。

緊張的我不知該從何解釋起，平常口齒伶俐的我，當時卻舌頭打結，囁囁嚅嚅地說：「不是的！我不認識吳弘文，我也不知道他要找我去巨登，他打給我的時候電話裡只說要與我聊一聊，看看有沒有合作的機會。我以為是秀場表演，去見了面後才知道他是要邀我去巨登跟豬哥亮搭擋主持，而且當場就開了支票給我，那兩千萬是他開的不是我要求的。」

「如果兩千萬可以買到跟妳合作的機會，妳應該要打電話問我願不願意給妳兩千萬啊！怎麼就這樣答應他了？」

他說得我啞口無言又茅塞頓開。我心想：對齁，我怎麼沒有想到？這麼不會處理事情？我應該跟對方說給我一點時間考慮，晚一點再回覆他。但憑良心說，我當時應該是被兩千萬給砸暈了！那時候的我才剛走紅，還沒有遇過開出如此高價的演出邀請，更從來沒見過兩千萬的現金票，還擔心著機會是不等人的，萬一我考慮了一個晚上，支票飛了怎麼辦？

雖然事隔多年，這件往事卻從未被我放下過。我常檢討自己當時為什麼要那麼急著做決定？為什麼沒想到第二天錄影時問問張總的意願，甚至回家後打電話問他也可以。除了做事不夠周詳外，也很不會做人，我這樣的選擇與決定應該令張總很受傷才是，畢竟他一直是很禮遇我的。況且晚一點回覆，依照一般的合作談判方式，來回溝通幾次，至少可以請對方給我一些緩衝的時間，讓我對三立有個交代，不至於今天辭職明天就不來了，甚至說不定還可以讓對方以為我在猶豫，主動將合作條件再拉抬一點。

唉，後悔來不及，年輕又沒有經驗的我，真是太不會做人做事了！最後，張總講了一句讓我永遠忘不了的話，一直到今日再想起都覺得好對不起他——「妳根本是未審先判，判的還是死刑，而且讓我連上訴的機會都沒有！」張總說完走出會議室，卻沒有回到導播室準備錄影，我心想他應該是在等我打電話給吳弘文吧！那個年代還沒有手機，我走去櫃檯借電話用。

「吳總經理，不好意思，有件事必須跟你說一下。」我才講到這裡吳弘文就急著說：「欸，那個錢已經進去囉，剛剛公司會計有通知下午已經進去了！」他這麼一說我更著急：「是的是的，我知道已經匯入我的帳戶，正因為如此我剛剛正跟我的老闆請辭，但辭不了耶，他叫我把錢退還給你。」吳弘文說：「不行喔，這個大家講好了，妳錢都收了不行退喔！」我還想繼續努力一下：「可是我們又還沒簽約！」吳弘文急得在電話那頭說：「沒有喔，妳收了錢就等於已經簽了，我可以馬上拿合約去給妳補簽完成手續。」

那時候對於法律問題並不是很懂，也沒有想到去請教專業，他這麼堅持又說得好像很有道理，於是我掛了電話沒有再多說。那邊退不掉這邊我又不敢去找張總，他等了我半天沒消沒息的，就開始繼續錄節目。也許是覺得自己做錯了事又沒能解決，接下來的節目我始終無法專心主持。好不容易熬到結束，我看張總仍待在樓上導播室裡，不像平常那樣熱絡地跟我說話聊天、送我們離開，我想該做的跑不掉，即使他生氣了我也得跟他說最後的結果。

「我打電話給吳弘文了，但他說不能退耶，我真的很抱歉，對不起！」我看他不說話，於是趕緊離開現場，跑去收拾整理我的東西。明天我就不來錄節目了，所以必須將所有留在三立的東西全部清走，我找了幾個小袋子及一個大垃圾袋盡可能的把東西塞進去，全部裝好後我兩手拎著大包小包往電梯走去。那時我還沒有助理，無論去哪裡演出，服裝加飾品零零總總的都是自己一個人扛來扛去，但只要被張總看到，他總會立刻請工作人員來幫忙我。

唉！我的個子嬌小，一個人要拿那麼多東西實在有些吃不消，但也不敢奢望張總請工作人員幫我。站在電梯口時我將頭往牆上靠了靠想要藉此支撐一下，突然有人從我背後將肩上的袋子拎了起來，我一回頭，啊，張總！我好羞愧地低下頭，張總說了一句讓我現在想起來都忍不住哽咽的話，他一如往常般自然爽朗地說：「哇，拿那麼多東西喔！」一邊說一邊就伸手要接過我手中的袋子。我幾乎有點無地自容地立刻說：「不用了，我自己拿就好。」他還是堅持地說：「沒關係，不要緊啦！」進了電梯後，兩人都沒有開口，到了一樓大廳他還陪我走到我停車的地方，我上車後他說了一句：「好吧，再聯絡啦！」

這一句「再聯絡啦」就是五年後了。五年的期間我在演唱、主持、戲劇、廣告代言等各方面都有了不錯的成績，三立也蓬勃發展轉型為電視台，製作出膾炙人口的節目，我打從心底為他們高興、祝福。但讓人意想不到的是我們再見面時竟是在我最悲痛欲絕的時候。九七年曉燕不幸遇害，各界朋友紛紛前來致意，張總也來了。我看到張總的那一剎那，心裡百感交集，他握著我的雙手、我止不住的淚水中有太多太多的情緒。

張總是個胸襟寬廣的人，我當年不懂事地離開三立，他並沒有惡言相向也沒有限制我的演藝發展，在我遭受重大打擊時仍前來安慰鼓勵我，我相信他不僅僅只是對我一人如此，一定有更多人承受過他的恩惠與溫暖。這個事件也讓我有所領悟，人家說態度決定高度，人生在世一定會遇到與我們觀念不同，看法、立場相異而意見相左的人，我們不須勉強也無須強迫，尊重自己也尊重他人，以不卑不亢的態度處理事務，犯錯了便勇於承認、改過。運用生活的歷練以達觀的視野看待一切，讓自己成為一個大器的人。

我在演藝圈一待就是四十二年，在這個五光十色、隨時會接觸到形形色色不同人事物的環境中，我學習了很多，苦與惠也都有所承受。隨著閱歷、年歲的增長，現在的我才能圓融地待人處事，年輕不懂事時我也曾無意間做錯過事，得罪了別人還不知道。

在演藝圈常常是多人搶一個機會，你搶贏了無意間就會得罪其他人，藉此機會我要向所有的演藝同仁說句心裡話，成長過程中也許有某些人的演藝事業被我掰了一腳，請多多包涵，因為演藝圈就是如此，機會只有一個，大家努力的向前衝，奔跑的過程難免有所碰撞，請勿見怪。更感念這一路上在不同時期給予我不同幫助的前輩、好友，也由衷地謝謝所有曾經給我機會、讓我一展長才的老闆們。

「心存大器，才有福氣。」半瓶子水響叮噹，越是成熟飽滿的稻穗越低垂，站在高處的人是不會讓人感覺到他的「高度」，卻更能贏得他人刮目相看的。漫漫人生路要學習的還很多，我們一起加油吧！

雲林兄哥好情義

雲林有情有義好兄哥，不當白道也不是黑道

他，很上道！

因為有他，讓我的歌紅透大江南北！

海派廣播人丁文祺，

是我心中永遠敬重的歐巴！

在我還是個二十出頭小姑娘的年代裡，沒有電腦、沒有手機、沒有現在大家天天刷新的「非死不可」，更沒有可以二十四小時「賴來賴去」的通訊軟體，那……沒有交友網站，青春少年郎怎麼交女朋友？沒有《我愛紅娘》、《非誠勿擾》，害羞保守的女孩兒要如何尋覓心中的白馬王子？大家可別猜媒妁之言、指腹為婚（雖然還是有啦），冰冰姊說的是雖然保守，但已經是可以自由戀愛的一九八〇年代了啊！

當年有個紅極一時的廣播節目《愛情青紅燈》，主持人在節目中為聽眾讀情書、回答愛情問題。由於節目火紅，電台還發行了同名雜誌，因此帶動了台灣男男女女「交筆友」的熱潮。這個讓人勇敢向異性朋友說出愛慕之情的節目可說是「交友節目」的始祖，而點子的策畫及主持人竟是個沒有戀愛經驗、來自雲林鄉下的十八歲小夥子——丁文祺。

丁文祺十幾歲便離家在斗六住校就讀中學，畢業後考上了台北的高中。由於都市裡開銷大，以務農為生的家裡兄弟姊妹又多，因此他從日間部轉到夜間部開始半工半讀的生涯。

命運就是這麼奇妙，六〇年代丁文祺就讀夜校時，正是台灣從農業進入代工的時代，那時政府推行「家庭即工廠」，處處可見家庭式代工，而打發無聊手工最好的方式就是收聽廣播節目。那時電視還未普及，家家戶戶幾乎都有收音機，人人都是一邊收聽廣播，一邊做著手上的工作。

在那幾乎是全民聽廣播的年代，丁文祺無意中聽到著名廣播人文清要找節目主持人，他抱著姑且一試的想法去報考，沒想到竟然被錄取了。他資質聰穎、肯學肯做不怕吃苦，帶著濃濃的雲林鄉音，一路從廣播助理、節目製作當到獨挑大樑的主持人。後來他離開中華電台，在台灣廣播公司主持「友情世界」，之後又相繼與好友合資創業，成立出版社發行雜誌與小說，也成立唱片公司網羅歌手推出唱片。

看似一片榮景的未來並沒有讓丁文祺因此自滿停滯，他仍繼續開創不同的事業。幾次創業下來有賺有賠，沒想到，最後因投資房地產不慎血本無歸。不過有創意又極具勇氣的丁文祺並不氣餒，在政府開放有線電視進入電視界後，憑著一股毅力，又東山再起。

丁文祺向來把朋友放在第一位，對於朋友金錢上的協助從不吝嗇。除了海派個性贏得好風評，也不遺餘力地帶頭做公益。受他恩惠、幫助的人不計其數，我便是其中之一。

一九八四年前後，我已進入電視圈並接演了歌仔戲《蛇郎君》擔任女主角，但灌唱片仍是我多年來夢寐以求的心願。有一天，資深藝人黃瑞琪老師打電話問我想不想灌唱片？我開心極了，一心認為只要有唱片公司力捧，我就會紅。沒想到唱片錄好後發現苦難才要開始：不僅通路不給機會、就連宣傳也四處碰壁。情急之下我們只好向夜市進軍，每天混在賣衣服、襪子、內衣、化妝品等各種雜貨攤位中的小小唱片攤位，腳上蹬著高跟鞋站在直徑二十公分的板凳上就拿起麥克風開唱。要把歌唱好又要兼顧從容不迫的優雅台風，還真不容易。尤其腳底下的板凳搖搖晃晃，圍觀的觀眾一多，推擠過來真的十分危險。只是當年為了不讓出資人血本無歸，我全省由北到南跑了一百多個夜市，在夜市裡推銷，雖然很有成就感，卻是辛苦極了。

這時有人建議黃老師：「你們應該要去電台啦！你看，當年鳳飛飛就是電台力捧出來的啊！」一聽到這個建議我又重新燃起了「灌唱片就會紅」的希望。黃老師也很積極地拿了三萬塊錢給我，他說南部才是閩南語歌的大本營，買氣最旺，要我去請南部所有電台主持人吃飯，而他會負責找好餐廳、邀請這些電台主持人。我一聽到這，就開始緊張起來，問他為什麼不去？照理說他是老闆，他應該帶著我去才是啊！黃老師說如果他去的話，這些人就會提出過多要求，我一個小女生他們應該不會太為難我。我心裡想我已經不是小女生了啦！而且過多的要求是指什麼？三萬塊錢可以請幾桌？好多的問號一一在我心裡浮現……

到了餐廳，嘉義、台南、高雄、屏東各電台的主持人都來了，但人數好多，餐費遠遠超出了黃老師給我的三萬元，我跟餐廳老闆好說歹說的商量好久才終於搞定。吃完飯後，我站起來向大家深深一鞠躬，謝謝大家的光臨並介紹我自己以及新專輯《唱袂煞》，請大家務必支持、幫我播歌。我講完後，沒有人拍手、一片靜默，也沒有人要離席，現場鴉雀無聲，我尷尬地站在那裡不知道該怎麼辦？暗自想是不是要向新娘子一樣站到門口去送客？

忽然有一個聲音說：「只有這樣喔？」我沒聽懂、「蛤？」了一聲。他又講一次：「只有這樣喔？」我好像有一點意會過來了，但我只帶了黃老師交給我的三萬元、沒有更多的了，當下只能裝做聽不懂他在說什麼。但那個人已經不耐煩了，他老實不客氣地嚷著：「我們都很忙耶，哪有空就只為了這一頓飯來啊！一般吃完飯每個人最少都會有個五千塊的紅包啊！妳有沒有帶來？」

我想當下自己的臉一定比關老爺還紅，我覺得好丟臉，嗯嗯啊啊地說不出話，對方又說了：「妳的老闆呢？怎麼沒來？」這時我才想通黃老師說的「我去的話他們的要求會比較多」的意思。我好想找個地洞鑽進去，但還是低著頭拜託大家：「各位大哥大姊，我們是很小的公司，沒有經費，今天邀請大家來吃飯已經是最大的極限了……」我話還沒說完，大家一聽沒有錢立刻一哄而散。那一次的請客只得到幾個零星的播歌機會，黃老師說了句：「無采錢！我們還是跑夜市比較實在。」我聽了好傷心。

雖然無計可施，但我還是不死心，感謝郭金發的弟弟郭金字的熱心，他跟我說：「去找丁文祺啊！他是很紅的電台主持人。」我說我不認識這個人，可不可以由他來幫我聯絡？郭金字卻說他也不認識丁文祺，但可以替我要到聯絡的電話，要我自己打給他。我心想，郭金字自己也不認識的人卻推薦給我，表示丁文祺名聲很好、應該是個很有辦法也願意幫助別人的人吧！最後，郭金字還給了我顆定心丸：「放心吧！他是個正派的人，就算不能幫妳也不會怎麼樣啦。」

第二天我打了電話過去：「丁大哥您好，我是白冰冰。」

「妳好，有什麼事嗎？」丁大哥問道。我立刻告知他我出了唱片！「喔，恭喜恭喜，拿來啊我幫妳放！」丁文祺立刻就說要播我的歌。我好開心，他沒有要我請吃飯也沒有要紅包，很乾脆地就要幫我。我看他這麼熱心，便將請南部電台吃飯的事告訴他。聽我說完這件事，丁文祺便問我：「妳希望我怎麼幫助妳？」我說想請北部所有的電台主持人吃飯，拜託大家支持幫忙播歌，只不過台北這一場也是只能吃飯沒有紅包可以給大家！我將黃瑞琪老師拿房子去貸款抵押讓我灌唱片的事告訴他，跟他說黃老師已經是山窮水盡再也拿不出多餘的錢了。

聽我說完後，丁文祺連說了兩次「啊捏喔！」

「我聽說丁大哥人緣很好也很熱心，如果由您出面大家比較會來，所以可不可以請您幫忙邀請北部的主持人，但請先告訴大家，我沒有辦法再準備額外的禮物了。」我聽他沒多說什麼，便不管三七二十一把心裡想說的全都一股腦地說出來。丁文祺一聽，問我：「只請北部嗎？那南部呢？」我說有請過啦！他笑著提醒我：「不是沒有什麼人幫妳播嗎？」丁文祺接著又說他知道了，便掛了電話。

過了幾天，丁文祺通知我他已安排好吃飯的事，我帶著黃老師準備的三萬塊前去，到了餐廳卻嚇了一大跳。天哪！怎麼辦怎麼辦？有二十幾桌耶！原來丁文祺把北、中、南所有的電台主持人都找來了。我心想這次不論怎麼跟老闆「盧」應該都不可能只收三萬塊，不足的部分怎麼辦？可以分期付款嗎？那頓飯我吃得超級辛苦，整個飯局我所有心思都在想，該怎麼付這十幾萬的飯錢啊?!

飯終於吃完了，我頭低低的不敢抬起來，深怕高雄的場面重演。這時丁文祺忽然起身：「今天非常謝謝大家來捧場，白冰冰是自己的小妹，新歌〈唱袂煞〉我聽了、非常好聽，這首歌是會紅的，就請大家給新人一個機會，天天放這首歌，放到唱針都鈍了再繼續放，一定要捧場喔，拜託拜託！」接著他向我招手，把我叫起來：「來，冰冰來，來向大家說謝謝！」我連忙站起來向大家鞠躬道謝，也深怕多說了什麼製造出新問題，從頭到尾就只不停地說著謝謝。

大家陸續離開了，我一看丁文祺在門口跟大家握手道別，我也趕快跑過去站在他身邊。漸漸地人走光了，丁文祺拍拍我的肩膀說：「好了，今天很成功，加油加油！」我心裡百感交集地對他說：「哥哥，你真的很夠力、面子很大耶！謝謝！」「好了，妳快回去吧！」丁文祺笑著對我說。

謝完了大恩人我無法繼續裝鴕鳥了，該來的跑不掉。我走到櫃檯一邊拿出僅有的三萬塊錢，一邊想跟老闆商量：「老闆，今天的餐費……」話沒說完，老闆立刻表示餐費已經結清了。走在我後面的丁文祺說：「我付了啦，沒事了妳快回去吧！」我轉過身將三萬元遞上，跟丁文祺說這是黃老師給的三萬，不足的部分請讓我每個月……丁文祺笑說今天是他請大家來的當然由他付錢，還將我拿著錢的手壓回包包裡。

我回去後打電話向黃老師說明吃飯的事，黃老師驚訝地說著：「這麼大的人情是要怎麼還啊？」他問我是如何認識丁文祺的？我一五一十說給他聽，黃老師一方面感嘆丁文祺的為人，一方面也為得到電台的支持而高興。

很順利地，在丁文祺的幫助之下我上遍了北、中、南的廣播節目，從早到晚不停地趕場。電台幫我輪番播歌，不管我去到哪裡，都聽到自己的歌〈唱袂煞〉，超有成就感的，也因此有了上電視節目的機會，我真的漸漸走紅了，經濟狀況更是改善了許多。當我再次遇到丁文祺時，我跟他說：「哥哥，那時你幫我邀電台的人吃飯，那個飯錢……」丁文祺豪爽地笑罵著：「齁，肖耶！別說了別說了！」

丁文祺樂於助人、幫助過的朋友太多了，我想絕對不只我一人，他不求回報的美德令我非常敬佩。說到丁文祺好，其實他的太太丁鈴更是了不起，她總在背後默默地支持，讓丁文祺可以為朋友付出、在事業上無後顧之憂。

大嫂很會持家理財，把兩個兒子都教育得很好，而她的胸襟與氣度更是我所推崇的。大嫂非常有福氣，年紀輕輕、四十五歲就當上阿嬤。她與兒媳的相處之道非常值得所有做婆婆的參考。大嫂在兩個兒子結婚時幫他們買房，房子都登記在媳婦名下，每到節慶、生日一家歡慶時，不論是上餐廳吃飯或是需要買禮，都是大嫂付帳。我問大嫂幹嘛要做到這個程度？她提到兩個媳婦都好得很，只是她自有一套看待人生課題的見解。她說：「我付帳，媳婦都稱讚我是全天下最好的婆婆，若是活著的時候不懂得使用，等到有一天財產變成遺產時，一切都變的理所當然了！」

「我愛我的兒子、希望他幸福，就應該與媳婦保持良好關係，讓兒子媳婦覺得家庭溫暖沒有後顧之憂，也就不容易受到外面不好的影響。房子登記媳婦的名下是做為婆婆給她們的基本保障、讓她們有安全感，知道公婆把她們當自己的孩子疼愛。而且人都是互相的，我對媳婦好，她們也都對我們好，一家人快快樂樂的過日子，人生其實沒那麼難！」

他們三代同堂分住樓上、樓下，生活上不僅可以相互照顧，也可以各自保有獨立的生活空間，彼此有點黏又不會太黏的親密生活應該是每個家庭都希望擁有的。他們也將自己的生活體驗在節目中分享給聽眾，規勸上了年紀的人要跟得上時代、不要還停留在媳婦都要以公婆唯命是從的觀念中。

丁文祺賢伉儷擁有六個優秀可愛的孫子女，有的學習鋼琴、有的學習小提琴、還有學習爵士鼓的，假日一到，一家人好不熱鬧。更難得的是，當兩個媳婦各為他們生下了三個孫子之後，丁鈴親自押著兒子去結紮，她說：管不了孩子的身心，只能想法子不讓他們在外面播種，以維護家庭圓滿。因為男人難免總是會犯錯，為了媳婦她得未雨綢繆，有時候她的兩個兒子還會與她開玩笑：「母啊，妳好狠！把我們閹掉，哈哈哈~~」在歡樂的玩笑聲中，心中默默的祝福著這一對熱心公益、與人為善的賢伉儷，祈願他們闔家永遠幸福美滿！丁文祺大哥自年輕至今幾十年來身體力行、奉行不變的真誠待人，就是他們的成功之道，也是我們所有人學習努力的目標。

丈夫是左手，妻子是右手。
左手拍右手，才能鼓出精采的人生。
萬人追不如一人疼，
萬人寵不如一人懂。
世界上不是所有人
都可以掏心掏肺互訴衷腸。

路過的都是景，擦肩的都是客。
愛你所愛，且走且珍惜！

貼心暖男的成功撇步

一個兩萬六千九百元的紅包，
道出暖男費玉清的細膩溫柔。
他的自愛與善良，
不特別張揚，卻讓人銘刻在心。

一九八二年底開始，我的演藝事業漸入順境。曾經最高的演出紀錄是一個晚上在八家西餐廳演唱，每天要唱足三百二十分鐘，大家都說我厲害，有副鐵嗓、鐵肺。趕場雖然辛苦，可也終於賺到了一些錢，能讓我改善家裡的生活。

過了幾年，我在合江街分期付款買了生平第一間房子，雖然只有小小的十六坪，但從此不必再向人租房子的心願終於達成了。漸漸地，隨著秀場的演出增加，收入也跟著增多。我慢慢將小房換成了大房，二十一坪、三十六坪、六十五坪，直到在林口擁有了自己頂天立地的獨棟別墅。新家入厝，自然喜不自勝，選了黃道吉日宴請好友們一起來熱鬧熱鬧。當天來的親朋好友很多、應接不暇，直到晚上才有空看看親友們送的賀禮。萬萬沒想到的是，費玉清和賀一航竟合包了一份大禮，讓我驚喜萬分的同時，內心也有個小小的疑惑：為什麼是二萬六千九百元？一般送禮不都是整數嗎？為什麼多個九百？左思右想，最終想出一個自認合理又滿意的答案——祝妳（2）演藝事業六六大順（6）、長長久久（9）。

懷著感激喜悅的心打電話給費玉清：「亭亭（費玉清小名），非常謝謝你那麼忙還特別撥空來祝賀我新屋落成，甚至連禮金都還這麼費心的以2、6、9來取其諧音。」當時電話那頭的費玉清只笑說：「沒什麼啦！一點心意給妳祝福嘛！希望冰冰六六大順、長長久久。不過錢要賺身體也要顧，每天這樣趕場，一定要注意健康及安全喔。」電話就在彼此的祝福與感謝中結束。接著，我打給賀一航，同樣地想向他道謝。但電話沒打通，在聯繫其他好友一一向大家致謝之後又忙著別的事情，也就忘了再聯繫賀一航了。

過了好一陣子，我跟賀一航一起做節目，趁著空檔我向他提起：「欸，你們兩個真厲害耶！連送禮都還這麼用心地想個吉利的好數字，包個二萬六千九給我。託你們的福，還真的讓我一帆風順到現在，真的很感謝啦！」賀一航說：「真的喔，那太好啦！恭喜啊！不過冰冰啊，我老實說，二萬六是亭亭的，九百才是我包的！」「蛤？！我看你們兩個一起署名，想說是你們一人一半哩！」「不是啦！那天亭亭找我一起去，我說去祝賀冰冰是應該的，但沒錢啦，不想去！結果亭亭說，沒關係，我們兩個合送，你出多少都可以！」

這件事若賀一航不說，我完全不會知道。因為不僅在我打電話向費玉清道謝的當下他隻字未提，之後在秀場或是其他場合相遇時他也不曾提過。費玉清真是個超級暖男，我覺得這是他做人非常成功的地方：費玉清對身邊的親友都是細心照顧的，而處理事情更是體貼，令人感到溫暖。每當各地發生災難，他也都主動慷慨解囊，救助陌生的受難者；甚至對於流浪的小貓、小狗也會默默付出愛心。就連原本很怕狗的江蕙，看過他買便當去餵流浪狗後，深受感動，也跟著愛狗了。

回想許多年前，一個照顧流浪動物的機構找我拍封面照作為宣傳。

事後那個機構寄了他們發行的刊物給我，我隨手放在客廳，費玉清來家裡探望我時拿起來翻看，他看得專注，像是要把上面的每個字都映在腦海裡。我以為他會說點什麼，但他沒有，看完後只是一如往常地微笑著。但當我再收到那個機構最新一期的刊物時，我看到刊載所有捐助明細那一頁中，最上面、第一行是我熟悉好友費玉清的名字。

費玉清十八歲剛出道時受他的大姊費貞綾照顧，由於姊姊多方提攜，把他推薦給各大製作人、唱片公司，費玉清不只一次說過：「我非常感激能有這樣一個姊姊，為了家人她付出太多！」更曾在五台山體育館舉行的南京演唱會上，對著全場觀眾說：「姊姊為我這個弟弟付出了太多，我演唱所得到的嘉獎和榮耀都有她的一半。」由此可見姊弟兩人之間的手足情深。所以費玉清在事業成功後，也不忘本地秉著受人點滴湧泉以報的心，反過來照顧姊姊，在姊姊出家修行後誠心地供養她。

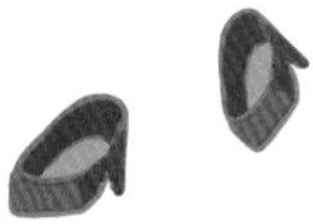

他不喜交際應酬，可說是演藝圈的異類。演藝人員需要成為鎂光燈的焦點，必須多在媒體曝光、被報導。但這個獨行俠，他不僅不宣傳自己，甚至在媒體要專訪他時，說自己是個「乏善可陳」、沒什麼東西好寫的人，勸記者不用浪費時間與版面。

他很懂得理財，行事低調（大家看他萬年不變的中山裝或黑西裝就知道了），不炫富、不製造新聞。如今已到了耳順之年，許多同齡的人都已退休、退出螢光幕前，他卻仍大放異彩，在對岸闖出一片天，受到內地各年齡層觀眾的喜愛。這除了他真實力的好歌藝之外，還有就是他的真性情。

當年我買第一間房時還未進入電視圈，只是走紅於秀場，而費玉清已獲得了金鐘獎男歌唱演員獎，是名符其實的金鐘歌王了。然而他不僅沒有高高在上地瞧不起我，甚至還親自前來祝賀、送上大禮，讓我非常感動。

他對於自己的事業精益求精，對於家人照顧愛護，對於需要幫助的人低調行善，在在都是我們應該學習的好品德。費玉清的自我要求，正如同他的形象與造型，永遠都是乾乾淨淨、正派清新；對待他人則如他的歌聲一般，輕柔優雅又溫暖。

有人曾說，想要成功需要有三種人配合——「高人指點」、「貴人提拔」與「個人努力」。我不知道費玉清是否受過「高人」指點，但需要的另外兩種人他都有——「貴人」提拔與「個人」努力。在費玉清成長、發展的過程中，一定有許多人曾幫助過他。但我認為費玉清最大的貴人就是他自己，因為他的自知、自愛、自信、自重與自制，再加上他的善良，總是不張揚的以能力所及、又不傷害對方的方式去幫助大家，因此才能有今天的成就與地位。

而我也以此自詡，在人生這條長路上，努力成為自己的貴人。

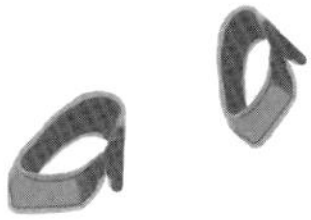

冰冰說好話

人生是盤棋，輸贏不定；
生活是場戲，哭笑不得；
生命是距離，長短不一。
學會自律，懂得自尊，擁有自信。

冰冰好料理，好吃擱會彈舌！

從加盟夥伴一百多家的冰冰蒟蒻到冰冰霸王餃、冰冰羊肉爐，
天下沒有「容易」吃的午餐，
經營副業，我絕對不只是露個臉而已！

媒體曾經問過我這一生的夢想是什麼？我記得當時是這麼說的：「我這一生有兩個夢想，第一個夢想已經在我十八歲的時候如願完成——進入演藝圈，成為一名歌手；第二個夢想則是希望能夠成為一名企業家，這個夢想，如今應該也算做到了。」這段話是將近十年前說的，現在回頭看，應該改改最後幾個字：如今我已經做到了。

二〇〇〇年我將自己所有積蓄投入蒟蒻事業，家人、好友們都擔心地提醒我：「演藝事業已經那麼忙了，哪還有時間經營副業？」或是「有沒有問題啊？不要被騙了捏！」而不認識我的人也對我要當老闆這件事存疑——綜藝天后要跨行當老闆喔？但我很了解自己，我知道自己的眼光，也對自己的反應、學習能力有信心，唯一的問題只是時間不夠用，不然我早就往更多元的方向發展了。

其實一開始的「冰冰蒟蒻」並不是我個人開的。當時圈內一位朋友跟我說：「冰冰，妳的名字那麼好，不賣涼的真可惜。」我想想沒錯，台灣是個炎熱島嶼，一年四季有三個季節都在高溫中度過，早期俗話說：「第一賣冰，第二醫生。」賣冰品是對的，只要東西好、管理好應該不會賠錢，因此我決定拿出兩百萬投資，成為冰冰蒟蒻的股東之一。

也許是因為我的藝人光環加持，一開業就打出高知名度。剛開始我們雖然只有三家店面，但獲利頗豐。由於分工精細又有名氣，一下子就有許多人想要加盟，因此冰冰蒟蒻就瞬間擴增到擁有六、七十家店的企業體。

看似一帆風順的副業事實上仍遭遇許多困難。開店做生意並非只是想像中做出好吃的商品就可以了，如何維持品質、再研發，如何不讓技術外流等等都很重要。尤其我們擁有幾十家分店遍布台灣各地，若不能維持一定品質，很快就會出現「一顆老鼠屎壞了一鍋粥」的情況。沒想到我們還碰上更糟的事：加盟店的糾紛。南部有加盟店惡性倒閉，開店需要的貨全都叫了、員工也請了，但卻捲款而逃，發生員工領不到薪水、廠商拿不到貨款等問題，讓冰冰蒟蒻的聲譽蒙上陰影。除了加盟店的管理出狀況，原始股東也因多次改組而衍生出不少問題。許多朋友勸我好好演戲、主持就夠了，但我認為既然開了店就有社會責任，應該要努力一直走下去才對。更何況冰冰蒟蒻是打著我的名號，許多人是衝著我的形象來的，我怎麼能輕易放棄，甚至壞了自己好不容易經營出的名聲呢？最後，我牙一咬，狠下心再掏出三千萬元，拿下產品主導權。

投入那麼多錢，又掌握主導權，我便不再只是投資者的角色了，我犧牲睡眠開始深入、詳細地了解公司營運狀況。剛開始生意真的很好，夏季時有的店一天可以做到四萬元營業額，因此就算冬天生意比較差，但一年平均算下來銷售量還是很不錯的。然而景氣一年比一年低落，業績下滑速度很快，我警覺到不能坐以待斃，一定要找出問題後加以改善，或是另謀一條生存之道。

我決定一步一步來，先推出新產品以穩定冬天營業額。於是透過友人協助，找到食品學者組成研發團隊，花了三年時間研發蒟蒻麵。我將之前所賺的錢都投資在製作的工廠裡。為了方便管理，工廠從五股遷到三重，所有的鍋爐、管線全部重新製作，研發團隊也重組過好幾次，只為了做出軟Q不爛的健康食品，我一心想著一定要成功，沒想到卻是不斷挫折。

新產品研發不順利，而檢討營運現況時又發現東西雖然好吃，卻有不少客人抱怨價格太貴。但攤開成本來看已經沒有可以再精簡的地方；而加盟店不僅沒有帶來更好的營收，反而讓我的財務吃緊、週轉困難。每個月只出不進的財務報表讓我煩惱得睡不著覺，好友們紛紛勸我還是專心經營演藝事業就好了，何苦再發展副業自找麻煩？但我就要這麼認輸了嗎？除了對員工的責任外，我已在夢想的田地灑下種子，怎能輕易放棄、任它枯萎荒蕪？

「當機立斷，該捨時就得捨。」這是我經營的定律，因為若是不積極解決困境，就會延伸出更多、更大的問題。雖然不捨一起打拚的員工及加盟店，但任由繼續虧損下去，說不定到時連資遣費都會有問題，還不如讓大家領到該領的錢、早一點另尋工作較好。於是我一一評估每間分店的效益，最後將幾十家分店規模緊縮至個位數。

就在我一邊如常巡視工廠一邊籌措員工資遣費時，有天一位工廠員工建議我可以改做水餃、包子，我一聽到這個點子，腦中的燈泡瞬間亮了起來！沒錯，冷凍食品是現代人不可或缺的，只要我們能做出有別於同類商品的特色，應該是值得一試。而且新的商品若是成功，那麼我就可以將老員工們再重新聘請回來，大家都不用另找工作，可以安穩的繼續一起打拚了。

研發團隊先是推出了霸王水餃，而我就努力地開發通路，不厭其煩帶著同事親自一家一家拜訪。雖然隔行如隔山，但憑著過去努力經營的人脈以及為了夢想堅持不懈的熱忱，最後每個大賣場都被我們一一攻下！通路沒有問題後團隊又繼續研發出一系列的「冰冰好料理」冷凍食品，像是鍋貼、包子、羊肉爐……而後也都受到了市場的肯定。

副業轉型成功最令我開心的不是賺錢（事實上薄利多銷也並沒有賺到多少利潤），而是與員工一起克服了困難、創造出新的事業風景。也正因如此，我認為好好的把台灣市場經營好就可以了，並沒有野心勃勃地盤算海外商機。也許是傻人有傻福吧，「冰冰好料理」系列上軌道後，在一次喜宴中遇到潤泰集團總裁尹衍樑先生。由於當時要進軍大潤發量販店時曾請教過他，他看到我便關心的詢問副業近況，一聽我已站穩了腳步，便問我對大陸市場是否有興趣，他可以協助我。我雖然沒有拓展海外市場的計畫，但機會來了也不容它錯過，反正多了解一些不會有損失，因此便應允下來，而尹先生也承諾會盡快給我消息。

尹先生的提議我本以為只是喜宴上的客套，沒想到他非常守承諾地在第三天就請上海負責人打電話給我了。日理萬機的尹先生非常認真的看待此事，我自然也不能馬虎。雖然從未見過面，但上海大潤發總經理 Paul（徐宜生先生）在電話中的談吐給了我非常好的印象，讓我很信賴他。他有條不紊地問了我一些關於產品的問題，也簡述大陸的市場狀況，並告訴我會安排業界朋友來見個面、聊一聊。於是我們約好在上海的波特曼麗思卡爾頓酒店見面。

還記得那是二〇一三年的冬天，Paul 的熱忱讓我備感溫暖，忘卻了上海的冷冽。

Paul 為了讓我了解內地市場，特別邀請了龍鳳食品創辦人，同時也是上海市台資企業協會會長葉惠德先生，以及桂冠食品王坤山董事長來分享進軍中國的經驗；第二天 Paul 又陪同我前往禎祥食品參觀他們的工廠，以提供我除了自己投資設廠外的另一個選項——代工生產。

很快的四天上海參訪要結束了，Paul 十分周到地安排了餐會並陪我一一以酒敬謝業界前輩這幾天來的分享。「冰冰好料理」系列產品已經通過台灣消費者的考驗，再加上Paul周詳的協助，冰冰水餃便順利地進入上海市場。我的第二個夢想也就從立足台灣轉成為了跨國企業。

我一直很感謝Paul，但隔著台灣海峽而他又公務繁忙，所以並不常聯絡。直到再遇見尹總裁，我提起他在上海給予的協助時，尹總裁驚訝地道出一個事實：「Paul不能喝酒耶！」我這才知道他因為健康問題不能飲酒，但那天吃飯時我一點也看不出來啊！

後來得知Paul因為太太堅持要他回來台灣，因此離開了上海大潤發，自己創業海德生貿易公司，經營重型機車代理。這真是跌破我的眼鏡，因為看來溫文儒雅的他，怎麼也無法和重機聯想在一起。

我好奇他創業的選擇。Paul告訴我，除了本身對美式重機的熱愛之外，他創業選擇項目的兩個要素：第一、由於之前零售經驗，快速消費品以拚價格為競爭手段，但拚價格會嚴重影響商品壽命，因此他選擇的項目必須排除削價競爭這件事。第二、入行的門檻要高，入行門檻高競爭對手相對就少，取代及替代性也低。同樣的，他投資設廠於北京的益生菌也是。他們的益生菌是客製化的，是完全依照消費者的體質量身訂做，而選擇的理由也與重機相同，我聽得是好生佩服。Paul 的重機代理雖然才創立五年，但營運非常好。他信任團隊、交由專業經理人管理，現在他移居宜蘭，天天打高球、享受著田園愜意生活。

經營副業十二年來，從「冰冰蒟蒻」開張，合作夥伴風光剪綵，到現在的冰冰霸王餃、冰冰羊肉爐等冷凍食品由我獨力經營，創業經驗有苦有甘。很多人以為我是演藝圈大姐大，創業開店只要出錢、露個臉就可以了，但天下沒有這麼「容易」吃的午餐，不論什麼工作都是需要努力耕耘的。

我的經營理念很簡單，我的帳款永遠清清楚楚，尤其是廠商的應付款向來是一塊錢不欠、一張票不跳，因為信用是最重要的；我的公司沒有花俏的裝潢，一切以實用經濟為原則，我把錢花在刀口上：員工的福利以及必要的設備。

我雖然不是事必躬親，但該我處理的事情，即使在攝影棚裡，只要有空檔我就會拿起手機處理公事，不假他人。我去錄影時會隨身帶著DM，不論是記者還是工作人員每人都發一張；在錄影空檔也會端出熱騰騰的水餃或小籠包請大家試吃，只要大家試過一次，就可以一傳十、十傳百地幫忙做行銷。一旦有空，我會去店裡、工廠巡視，看到員工不認真或做事方法不對，便會立刻勸導他；不論是客人或員工，我會藉著聊天來聽取意見，只要是好的，就立刻改進。我常告訴員工，做生意腰要軟，即使是一碗八十元的麵，也要讓客人吃得開心。我相信創業是「人的事業」，我相信自己看人的眼光，我只要面對面的看過、談過，就知道這個人可用不可用，所以即使再忙我仍堅持要親自面談重要幹部。

除了我之外，演藝圈許多藝人也有副業，有的經營有成、有的曇花一現或是根本受騙上當。分析起來其實會發現能成功的人都有幾項必備因素：親自經營；花時間學習、下苦功深入了解；遇到困難危機願意努力解決、積極克服；真誠地對待員工……像大家所熟知的藍心湄，她的餐廳經營得有聲有色，但也不是一開始就一帆風順的，她親自做過餐廳內大大小小的事，包括親自清理流理台、水管等等，初期生意慘淡時她會在下節目後帶著大家一起去用餐，靠著口耳相傳把餐廳宣傳出去，她也大方地回饋員工、為股東的利益著想……

不論是我、藍心湄或是Paul，雖然行業別不同、各個專業領域不同，但我們都是腳踏實地努力朝著永續經營去做，而不是只想著如何獲利，更不會投機取巧。如果你也想要擁有一片自己的天空，那麼認真地耕耘吧！多去了解別人成功的過程，學習必須具備的要素，終會建立出一套屬於自己的know-how，那麼你種下的種子終會開花結果，纍纍豐收。

孔雀上身，烏鴉變鳳凰！

倪敏然大哥一語點醒夢中人，
「要紅，氣勢就要出來！」
於是我下重本，身穿孔雀服、頭頂孔雀冠，
「刷」的一聲華麗開屏，
沒有例外，全場都是合不攏嘴的讚嘆！

「倪大哥，無論我怎麼唱，每一檔秀我都是被排在第一個，有沒有什麼辦法可以讓我不要老是當開場的唱第一個？」

不知大家有沒有看現場表演的經驗？不論你是氣定神閒、早早就入場，還是因事耽誤、在最後一刻即時入座，表演剛開始時大部分的人通常是還沒有進入狀況的。尤其早期秀場不像現在的劇院有入場時間、禁止高聲談話等規定，開場時常是人聲吵雜、鬧哄哄的，甚至還有人已經過了開演時間才緩緩進場，於是越被安排在前面的表演也就越不受重視，開場通常由剛出道或是沒有名氣的藝人，唱幾首歌來開始一連串的表演節目。

因此，為了改善現況，我除了不停練習演唱、變換造型，也觀摩學習別人的表演方式，想盡一切辦法試圖突破當時的瓶頸，但似乎都徒勞無功。有一次我在餐廳秀場碰到台灣綜藝祖師爺——倪敏然大哥，倪大哥是八〇年代紅極一時的全方位藝人，說學逗唱樣樣精通，不論主持、歌唱、電視劇、電影、舞台劇各領域都有非常亮眼的成績，十分傑出。尤其當紅中視綜藝節目《黃金拍檔》的靈魂人物「黃金五寶」——倪敏然、張菲、檢場、羅江、徐風，又以倪敏然與張菲為節目重心，我們的身分實在太懸殊了，我想上前向他求教，卻又羞於自己只是開場的小歌星，想著倪大哥大概不會理我，所以眼看著別的藝人或工作人員與他攀談，自己卻遲遲不敢開口。但我又不想放棄這大好機會，左思右想後終於決定硬著頭皮上前去請教他。

沒想到倪大哥很有耐心地聽我說完問題，並且很誠懇直接地告訴我他的看法，口吃的他口沫橫飛地說道：「妳……妳……妳……看過綜藝節目沒有？節目一……一……一……開始時所有藝人都一字排開的站在一起，鏡……鏡……鏡……頭在帶每一個人的時候都是：漂亮、漂亮、漂亮，照到妳的時候就會『咚』的一下照不到人，到了妳這兒就凹下去了！在秀場也是一樣，妳……妳……妳……個子那麼小，站在台上沒……沒……沒份量，看起來小家子氣！所以，重點是妳……妳……妳……要想辦法讓自己有氣勢，有了氣勢自然就有自信、就會漂亮、就會紅。總之，妳要顯得大氣一點，想辦法讓人家在舞台上一眼就看到妳。」

聽倪大哥這麼說，我委屈地說：「蛤……我個子就那麼一點點，我已經從三吋的高跟鞋、穿到五吋、穿到七吋，我還要再墊高啊？」倪大哥說：「妳……妳……妳……繼續墊嘛，將來要是從台上滾下來，最好看、最好笑的就是妳了。傻……傻……傻……ㄚ頭，不是墊高就可以，要想辦法讓自己放大。」倪大哥說得好像很具體了，但我仍是鴨子聽雷般地有聽沒有懂，呆呆地追問：「放大就是要吃胖一點是嗎？可是胖不好看耶！」聽我這麼說，倪大哥急得眼睛鼻子都皺在一塊兒了，再加上他說話本就有點口吃，情急之下說的就更加不流暢：「放……放……放……大不……不……不……是要妳變……變……變……胖啦！是……是……是……妳的裝……裝……裝……扮要大方，要……要……要……有那種一出場就『啪！』的效果，令……令……令……人眼前為……為……為……之一亮的感覺啦。」

倪大哥一席話讓我苦思許久，什麼是眼前一亮？如何才能眼前一亮？自己一個人想破了頭仍想不出來，於是跑去找做衣服的裁縫師大家一起商量。討論了半天，不知是誰忽然冒出一句：「要一下子打開讓人眼睛一亮？那不就是孔雀開屏！」對啊，沒錯！就是孔雀開屏！孔雀平時看起來小小的一隻，並不特別起眼，但每當孔雀一張開牠那五色金翠線紋的大尾屏時，不僅身形看起來變大了，五彩繽紛、絢麗耀人的美麗羽裝更是所有眼光注目的焦點，若是再加上優美的舞蹈動作，那更是令人流連駐足、非欣賞到牠展示結束不可。對！孔雀裝，這就是我所需要的！

只不過辦法是想出來了，但孔雀羽毛一根根地縫、亮片一片片地釘，一整套從頭到腳、純手工製作的孔雀服，裁縫師預估要價三十萬台幣！當裁縫師一說出價錢時，我頓時像被淋了一大桶冰塊一樣。三十萬，多大的一筆錢啊！再多兩、三個三十萬我就可以買房子了！所以和裁縫師討論完後，我並沒有立刻訂做好不容易想出來的孔雀裝，下一檔秀仍然是土裡土氣地穿著同樣的服裝表演。

倪大哥又在秀場碰到我，看我並沒有什麼改變，於是問道：「我……我……我……不是建議妳要想辦法增加氣勢嗎？怎……怎……怎……麼？還沒想出解決的辦法嗎？」面對倪大哥的關心，我怯怯地回答：「不，我有想到辦法，但……治裝費要三十萬呢！倪大哥，我沒有這筆錢，也實在花不下去。」倪大哥很認真、嚴肅地看著我說：「妳……妳……妳……要知道這是自己的前途，好不容易想出的辦法，不……不……不……能因為一點問題就打退堂鼓，要去解決啊！」我將孔雀裝的想法告訴倪大哥，他一邊聽一邊點頭表示認同，最後告訴我：

「孔雀裝很好，去……去……去……跟做衣服的殺價嘛！」

我很聽話的回頭找裁縫師談，但裁縫師說：「冰冰啊，妳知道一根孔雀羽毛要多少錢嗎？一套衣服連同頭飾需要多少根羽毛？羽毛本身就很貴，光是材料費就占了一大半，還要釘亮片、繡花的，三十萬已經是不賺妳什麼錢了。」唉！這套衣服的製作費無論如何就是殺不下來。我心裡撥著算盤：一檔表演有七天，一天的酬勞五千，一個禮拜就是三萬五千元，再加上舞群、食宿交通等等，我得要做十幾檔秀才有這筆治裝費，而且做完還口袋空空、兩袖清風，等於我至少有七、八個月的時間沒有收入。

我老老實實把自己算的帳說給倪大哥聽，倪大哥笑說：「有……有……有……句話說偷雞不著蝕把米妳聽過嗎？妳好歹得先蝕了米才知道偷不偷得到雞，現在妳連蝕的那把米都捨不得，妳怎麼偷……偷……偷……雞啊？況且那套衣服又不是只能在一檔秀中穿，妳仍然可以繼續穿著表演，那後面收到的錢不就賺……賺……賺……回來了嗎！」聽倪大哥這麼一分析，我想也對，不冒險付出行動投資一下，整天光是空想是不會改變目前狀況的。於是心一橫，做吧！我看似霸氣地向裁縫師下了做孔雀裝的訂單，但在敲定後還是忍不住問：「可不可以讓我分期付款啊？哈哈！」

嶄新華麗的秀服做好了，孔雀服加上頭上的孔雀冠，整套衣服重得不得了，剛穿上時有些不習慣、動作不流暢。但看著鏡子裡的自己，真的好美啊！連自己都有被閃到的感覺。為了能不受這身行頭的重量限制，我在家裡穿著秀服反覆琢磨、練習，好讓歌聲、舞姿能與孔雀裝搭配的完美無瑕。

穿著孔雀裝表演時，每當唱完第一首歌，第二首要開始，我便唰的一聲將孔雀服整個延展開來！毫無例外，每一場秀都可以聽到台下所有觀眾，隨著我的孔雀開屏異口同聲地：「哇～～～」只要聽到哇的聲音四處響起，台上的我就笑得更甜更燦爛，我知道自己咬緊牙根花下去的錢真是花在刀口上了！這套孔雀裝的效果果然超出我的預想，因為台下一連三天的「哇～」之後，秀場老闆笑得合不攏嘴，我也不再是有一檔沒一檔地等著演出機會，而是一整年滿滿的表演等著我。甚至連電視節目也主動來敲通告，目的就是要拍這套孔雀裝。

倪大哥可說是幫助我事業成功最重要的貴人，他不僅在我求教時一針見血地提出他寶貴的建議，更把我的問題放在心上持續地關心、鞭策我。甚至鼓勵我將日本當紅電影明星——小林旭請到台灣來表演，種種加持漸漸奠定了我在演藝圈的地位。當年若沒有他無私、真誠的指點，我不知還要摸索多久才能出人頭地；若沒有他古道熱腸地追問與關注，也許孔雀裝就只是我腦中的一幅畫，觀眾既看不到、我也可能不是今日的我了。

除了指點我的表演，倪大哥也教了我許多待人處事之道，尤其一堂很重要的人生課程，影響我至今。

當時秀場有一齣短劇：倪大哥演宮本武藏、張菲演盲劍客、我演蝴蝶姑娘，兩個人為了搶蝴蝶姑娘要決鬥。每當兩位男主角少一人時，就由剛出道的胡瓜替代上陣。胡瓜那時剛出道沒有什麼經驗，每次過招之後總是屁股對著觀眾，都要靠我臨場發揮，想辦法把他再轉過身來，幾場下來我有點不耐煩了，在後台時忍不住指著胡瓜對倪大哥抱怨：「這個人很笨耶，每次都把屁股對著觀眾，一直都教不會，你們要繼續用他嗎？」倪大哥聽我這麼說胡瓜，便把我拉到旁邊對我說：「誰……誰……誰……不是這樣走過來的，我們哪一個不是這樣？妳……妳……妳……想想以前的自己，我們要給別人留碗飯吃啊！」倪大哥的話猶如暮鼓晨鐘，回想起自己一路是如何走到現在，驚覺到，對於各種演出我雖已是駕輕就熟，甚至臨場有狀況出現，我也可以適當地發揮機智來應付，但這一切都是經驗累積出來的；我也曾是個菜鳥、也曾有表現不佳的時候，我怎麼就開始嫌棄別人了呢？

直到二〇一五年我和胡瓜合作電影《人生按個讚》，在片場休息時我問起他這件事，胡瓜說從來沒有人告訴過他，他還是第一次聽說。看胡瓜的反應，我不禁又想起倪大哥，他就是這麼好的一個人，對於需要幫助的人他從不吝嗇，對於提攜後進從不落人之後，做了好事更不會到處吆喝討功，他就是這麼可愛、滿腔熱忱的人。倪大哥的幫助我不曾忘記，對於他的感謝也不曾停止過。最不捨的是倪大哥的人生終點竟然是在宜蘭山上結束的，令人無限唏噓！在演藝圈四十多年，除了感念倪大哥對我的好之外，我也時時提醒自己，學習倪大哥那顆為別人著想的心，讓自己也能夠有機會成為別人的貴人。

冰冰說好話

再長的路，一步步也能走完；
再短的路，不邁開雙腳永遠也無法到達。

冰冰show

一場捐書活動、一張感謝狀，
感謝旺旺集團董事長蔡衍明的支持，
也因此因緣有幸在中視開了新節目《冰冰 show》，
這是我投入演藝工作四十二年來最認真最投入的主持工作。
好的開始是成功的全部，
接著源源不絕的合作邀約也隨之而來！
我相信只要你夠認真夠努力，
必定會有好的機運來找你！

曉燕離開我已二十年，我從沒有一天忘記過她，對她的思念亦未隨著時間流逝，反而與日俱增。二〇一六年四月我在微博上抒發我對她的思念，沒想到並沒有刻意經營大陸市場的我，這篇紀念文卻引起廣大網友的點閱與討論。許多不知道曉燕事件的年輕人，都到百度去搜索事件的原委，並在微博留下鼓勵及安慰的話語，令我深深感動。而這篇微博上的互動，也引起了大陸出版社對我的故事產生興趣，因此很快地便在年底出版了我的自傳。

這本新的自傳，有別於一九九六年曾在台灣出版過的《菅芒花的春天》，完整收錄我六十年來的記錄。許多朋友、粉絲知道後紛紛建議我同時發行繁體版，好讓我們台灣人自己也能夠買得到、看得到。因此很順利地，兩個月後繁體版上市了。由於我刻苦奮鬥的一生非常勵志、鼓舞人心，因此希望能將此書送至偏鄉給學童們看，藉以鼓勵他們在遇到逆境時能夠突破困境、正面積極地創造自己的人生。於是出書後發起了將書送往偏鄉的活動，我許多的好友、企業界都響應了這個活動，以致一推出便在很短的時間內圓滿達成目標。

我一生做人做事不分對象，無論事情大小都力求圓滿，所以在贈書活動結束後，製作了感謝狀，一一親自送給這些熱心公益的朋友們，以表達我由衷的感激。好友們在收到感謝狀後，紛紛表示很高興能有參與回饋社會的機會，也反饋了許多看完書後的心得，讓我有了意外的收穫。

捐書活動中，旺旺集團的蔡衍明董事長，以「蔡衍明愛心基金會」的名義認捐了屏東縣的偏鄉學童，因此我同樣準備了感謝狀準備送去給他。那天去蔡董辦公室時正好另一位響應捐書給嘉義市、嘉義縣的好友張晚莉的先生龔金源也在，我將帶在身邊、已準備好要給晚莉的感謝狀拿出，請龔先生幫忙帶回去轉交給晚莉，萬分地感謝他們響應公益。由於平時大家都很忙，難得有機會聚在一塊兒，於是寒暄拍照留念後，大家決定一起用餐。

好友相見難免天南地北的聊天，除了彼此近況也會談到社會、政治議題，蔡董認為我對政治有一套獨特見解，因此向我提議：「冰冰，我們來開一個婆媽談政治的節目如何？現在是全民政治的時代，但放眼望去，不論是主持人或是來賓幾乎是男性的天下，即便萬綠叢中有幾點紅，也限於原本的專業就是這個領域，因此觀眾的廣度有限。妳深受婆婆媽媽們的喜愛，由妳領軍的談話性節目應該能擴大原有觀眾群，也很有看頭才對。」蔡董的點子真好，不過我覺得台灣目前已經有很多的政論、談話性節目了，並不差我再新做一個同性質的節目，若是要開新節目，我倒是希望能做一個讓觀眾、讓社會變得更好的節目。

蔡董是個廣納意見的人，他也接受了我的想法，因此和我約定回去後擬一份企劃書向中視提案。最後，新節目以幫助社會更加良善為主軸，節目名稱以我過去收視很好的幾個節目來發想，於是有了「冰冰秀秀」（「疼惜」的台語）的想法，希望社會大眾有什麼不如意的事，讓冰冰我來秀秀大家的意思。不過寓意雖好卻覺得不夠響亮，左思右想，忽然靈機一動，決定只取一個「秀」字並以英文呈現，這樣不僅符合潮流且意思也到了。

初期前幾集內容依原先預設的方向錄製，談論一些社會上的事件，但我對收視率並不滿意，總覺得應該可以更好，每天盯著市調資料與工作人員開會檢討。我想到台灣人愛唱歌，不論是聚餐聯誼、花錢上ＫＴＶ還是自家擁有卡拉ＯＫ，不分城鄉，男女老少都愛高歌一曲，那麼可以在歌唱當中去談社會上千奇百怪的事，再給予正向、溫暖的分享或建議。節目最後再獻上一句「白冰冰說好話」，這好話的內容不外乎警世俚俗語、或是我自創的一些正能量詞彙。工作夥伴們都很支持這個提議，調整節目內容後，《冰冰 show》的收視率從一開始的持平、漸入佳境到現在的扶搖直上；在韓國、大陸的戲劇和綜藝環伺之下，每天都交出漂亮的成績單。看著蒸蒸日上的好成績，彷彿重回中視綜藝王國時代，我也期許自己用好成績來答謝賞識我的旺旺董事長，更希望每一集《冰冰 show》都能幫助到更多的資深同仁。

現在台灣的演藝情況並不佳，僧多粥少，這些資深藝人多久才輪到一次上節目的機會，因此我會在節目上請一些很久沒上電視的長輩，有些年齡都已將近八、九十歲了，他們也努力的在《冰冰 show》中提供寶貴的人生經驗。另一方面，我也常常找一些弱勢的殘障歌手上節目、提供許多新人機會，大家都說看《冰冰 show》有笑又有淚，十分溫暖逗趣，真是優質的節目！而我只要手拿麥克風就能兼做公益，感謝老天爺讓我在歷盡滄桑坎坷之後，還能擁有健康的身體、正向的思想幫助社會。

我對目前的成果感到很開心，一方面是好的收視率，代表著社會大眾的接受與喜愛，也讓我對還看重我能力的老闆有所交代；另一方面是我現在的年齡還能做著自己熱愛又擅長的工作，不時動動腦與年輕一輩交流、與資深藝人共憶美好或是艱苦的時光，都是非常棒的，所以我非常珍惜這個節目。

《冰冰show》的好成績，讓我這個點子多多、停不下來的大腦又有了新的構想：我去年在嘗試電影編劇、監製上有了很好的開始——《人生按個讚》。而中視以前是戲劇王國，製作出許多膾炙人口的連續劇，我期望自己能更上一層樓，便想著也許可以與中視合作、開啟中視戲劇另一頁的新里程。於是任何事說到就要做到的我，已開始構想、策畫新的提案，希望計畫能有實現的一天。於此同時，新北市政府文化局也因為《冰冰show》節目內容型態而找上了我。

二〇一六年二月由我總監製的《人生按個讚》在板橋舉行電影特映會，特別邀請了在拍片過程中，給予我許多協助的新北市朱立倫市長、文化局林寬裕局長共同參與觀影。當時朱市長告訴我《人生按個讚》

中面對挫折的故事，與新北市的城市性格非常契合，過去幾年新北市府推出的各項計畫，就是希望讓樂齡人口、外出打拚的年輕人以及新住民等，在遇到困境時都能感受到政府的溫暖與社會的關懷。而林局長則表示，那天邀請觀影的三百位樂齡朋友，他們可能一年不曾進戲院看一次電影，希望藉由這部老少咸宜的電影，能夠激勵他們繼續活出豐富的人生。他們對於我近二十年來一直熱心公益、關懷長輩、回饋社會的行動，想給我一個大大的讚！

因此，去年八月新北市政府舉辦了鼓勵長者越動越健康的「愛動爭霸戰」活動時，想到了找我一起共襄盛舉，並與我在中視主持的《冰冰show》節目合作。朱市長告訴大家，長壽並不等於健康，西方先進國家醫生會根據個人情況開立運動處方，以強化肌肉、預防其衰退及反轉衰弱，達到強身健體的效果。而新北市府所舉辦的「愛動爭霸戰」提供六十萬元總獎金，除了冠軍可獨得十萬元，還有許多豐富獎項，就是鼓勵阿公阿嬤們秀自己、尬健康，一起動起來。活動於淡水、新店、板橋、瑞芳、新莊及樹林六個地區舉辦初賽，最後在《冰冰 show》節目中進行總決賽、選出總冠軍。

活動記者會那天我到現場為比賽揭開序幕，也分享了我個人健康、養身方面的心得。六十二歲的我這一輩子只做過兩次健康檢查。第一次做健康檢查是跟楊麗花一起，當時醫生要我們一個晚上喝足六千CC的水，但我平常根本沒有多喝水的習慣，實在很難達到醫生的要求，後來我跟楊麗花兩人靠著想像，用喝酒乾杯的方式，不停地乾杯、乾杯、再乾杯才把六千CC的水乾完，讓我第一次體驗到喝水喝到想吐的感覺。

第二次是在探視病中的文英阿姨後做的。有一次文英阿姨來上節目，我看她肩頸浮出一塊腫塊，提醒她要抽空去檢查，文英阿姨回去後一檢查發現是肺腺癌，我去探望她時，她整個人很快地像是消風一樣彷彿變了一個人，發現以前總說不怕死的文英阿姨，在面臨死亡時還是很脆弱的，深深地領悟到健康的重要甚於一切。因此，探完病後我立刻安排做健康檢查，還好，檢查報告出來所有的數字都在標準範圍內。

其實我認為最重要的養生之道就是保持開心、保有一顆年輕的心，對於生死議題我早已想開，只想盡一己之力幫助更多的人，其他的就交給上天安排。所以我吃得好、睡得好，身體和精神狀態都不錯，出國旅遊不論哪個城市，即使是日夜溫差大的肯亞、寒冷的芬蘭，我都能吃飽睡足，沒有時差、水土不服的問題。

許多看似微小的事情卻能夠帶來意想不到的收穫。感謝狀只是我發自內心的一個感恩，但之後竟帶來了一串好機緣——一個主持帶狀節目的工作機會；設計出可以帶給社會歡樂輕鬆的正向能量、又可以幫助資深藝人以及提攜後輩的節目內容；寓教於樂的節目帶來了與新北市政府的合作，以及服務長輩的機會，這一切都不是我預料中或刻意經營得來的。抱持著回饋社會、柔軟疼惜的心、秉持事事求圓滿，好運好福氣自然也就時時跟隨我們身旁了。

Chapter3

會轉念

一念天堂，一念地獄

綜藝圈「永遠的小朋友」黃西田，
從秀場天王淪為負債千萬的失婚窮光蛋……
但再怎麼苦他仍選擇留下來收拾人生殘局，
面對感情及財務的雙重挫折，落寞時他一口飯一滴淚撐過來了，
天公疼好人，眼前的文弱書生卻是內心堅強的正港男子漢！

自從豬哥亮大哥病逝後，台灣演藝圈掀起一陣秀場風，談話性節目開始相繼邀請一些當年走紅於秀場的資深藝人來分享秀場文化、趣事。當年秀場主持人的翹楚有所謂的南豬（豬哥亮）北張（張菲）、中邢峰，事實上除了他們三位，還有許多其他優秀的主持人，而以雙人搭檔脫口秀形式出名，最紅的有兩對：一對是廖峻與澎澎，另一對是黃西田與康弘。

黃西田生得一張娃娃臉，因此大家稱他為「永遠的小朋友」；康弘因為兩顆大門牙的特色而有「兩齒」（台語）之稱，他們兩位默契十足，一搭一唱帶給觀眾許多歡笑。他們兩位在電視、秀場火紅時我還沒有成名，在秀場的表演都是扮演開唱的角色，唱完兩首歌沒有任何訪問就下台了。總是唱第一或第二個的我，一唱就這麼唱了十幾年。唱了那麼久卻唱不出什麼名堂，我有點想打退堂鼓，就在我掙扎猶豫的期間，有一次在高雄藍寶石歌廳作秀，那一檔秀中也有黃西田和康弘，秀場結束後西田大哥跟大家說歌廳離他的故鄉阿蓮很近，邀請大家當晚去他家焢窯烤地瓜。我聽了好高興，因為能被那麼大牌的藝人邀請至家中做客，實在是很難得的機會。

鄉下人家務農，到了晚上都睡得早，通常九點過後街上人車稀少、安靜無聲。我們最後一場表演結束都已十點多，到西田大哥家時都快十一點了，但車還未抵達，大老遠就可看到全村燈火通明、人聲沸騰，並聞到烤肉和烤地瓜傳來的陣陣香味，一群人忙進忙出的好不熱鬧。那夜全村的人都來了，人人臉上帶著興奮的笑容迎接我們，還有些婦女和小孩子羞澀地躲在一旁偷看，就在熱鬧的寒暄、招呼聲中，感受到他們純樸又真實的熱情。

由於一整隻全羊要烤熟的時間比較久，而剛烤出來的地瓜又香又甜，早已飢腸轆轆的我們立刻大口大口地猛吃，西田大哥急著跟大家說：「大家地瓜不要吃太多捏，等一下還有炒米粉、炒麵……還有很多東西喔！」西田大哥熱情地招呼著，也好心地把當時還沒有走紅的我介紹給鄉親認識：「她叫白冰冰啦，很會唱日本歌，以後大家多多給她支持喔！」

大家開心地一邊吃喝一邊唱著歌，只要有一個人起頭開始唱，其他人就自動跟著合，在熱情歡樂的氣氛下我第一次嘗試喝啤酒。喝得有些微醺、正嗨的時候，我一轉頭竟看到兩個大男人——康弘及西田哥，抱在一起痛哭！

這兩位前輩大哥相當照顧我，有好吃的都會與我分享，他們經營拍攝的錄影帶也找我擔任女主角，我一直很感激他們。兩位大哥已是影視紅人，自己又經營生意，我很納悶會有什麼事令他們如此傷心？我雖然想關心但又不敢多問，只是立刻收起剛剛喝嗨的心情。漸漸其他人都紛紛離開了，只剩我一個人繼續喝著悶酒，喝著喝著想起了自己的過去，不禁也哭了出來……最後，竟是我與兩位大哥三個人抱著一起哭。

那天晚上的經驗讓我對於兩位哥哥有了新的認識。以前只覺得他們表演精采、歡樂逗趣，總是開心地把快樂帶給大家，但那晚之後，再遇到兩位哥哥時我有了不一樣的發現：真正的他們是在台上幽默滑稽、下了台後卻眉頭深鎖，有時甚至像無頭蒼蠅般忙來忙去，不知道在忙些什麼，一點快樂的感覺都沒有。我反省著自己以前對他們的關心實在太少了，從沒有細心注意過他們的狀況。

有一天下午場的秀結束後，我為了省錢，就在附近買了碗滷肉飯回歌廳吃。空盪盪的後台只有我一個人，扒了幾口飯後，眼前的梳妝台上突然有人放了個碗，我一抬頭看見西田大哥正將自己的湯倒在碗裡，大約倒了一半後又把繩子綁了回去，然後對我說：「這個給妳。」我一看，半碗湯中間有一顆飄來盪去的貢丸，那一瞬間我的心感到好暖，西田大哥真是善良，他知道我很節省，看到我的晚餐只有一碗滷肉飯，於心不忍，所以分了一半的湯給我。

我們面對面坐著邊吃邊聊，我忽然想到：每次在秀場都會看到他太太和他老丈人跟著一起來，今天怎麼沒看見他們？我問西田大哥：「大嫂呢？今天怎麼沒來？」他沒答腔，我又問：「哥哥，每天排隊等著要請你吃飯的人那麼多，你怎麼沒跟朋友一起，反而自己買滷肉飯在這裡吃？」西田大哥笑了笑說：「沒蝦米啦，我有事想要一個人靜一靜、想一想。」聽他這麼說我不免好奇地問：「蛤？哥哥，你也會有心事喔？」見他沒回話，我低頭繼續吃我的飯……忽然，我看到一滴淚滴在我的腳前，我微微抬起頭看著西田大哥，他正捧著飯、默默地掉著眼淚。我當下心好慌，裝作沒看到，趕緊再低下頭快速地扒著飯，好一會兒後西田大哥開口說：「唉，拍謝，第一次在女生面前掉淚，真丟臉！」我對他說：「哥哥，你真的是有心事齁，要不要跟我說說？就算幫不上忙，講出來心裡會好一點喔。」「唉，說也是白說啦！」

西田大哥簡單地回了我一句。

台灣演藝圈的發展主要從最早期的老三台、秀場、錄影帶再到現在的有線電視，而錄影帶產業的盛行是源自一九八五年三立所推出的《豬哥亮歌廳秀》，它的內容就是秀場的每一檔秀。錄影帶一推出就風靡全台，許多家庭、旅遊業者……都會買或是租來看，生意非常的好。在越做越好的情況下，三立向中央電影文化城租攝影棚拍攝，將攝影棚內布置成秀場的樣子開始專門錄製秀場錄影帶。

黃西田與康弘看到三立的錄影帶這麼夯這麼賺錢，因此也將畢生積蓄投入合夥經營自製自拍的「大七錄影帶」。由於那時錄影帶生意正熱，所以大七剛開始經營得也不錯，但兩個人自顧自地做沒有注意市場狀況，也沒有留心政府的政策——開放有線電視！一下子電視台多了幾十台，轉來轉去都是免費觀賞的節目，於是錄影帶的生意驟然下降，短短一年多時間便賠掉他們所有的積蓄、更多了近五千萬元的負債。

事後從其他人那兒知道了西田大哥背著龐大債務，看著他天天眉頭深鎖，我想他每天一定是心情沉重地過日子、比我還可憐，很想開口問他要不要我幫忙？但我好不容易存下的錢是要用來養女兒及付房租的，因此話到嘴邊又吞回去了。

知道他經濟狀況後沒幾天，我在後台聽到一個大八卦：「黃西田的老婆居然要離開他了！」聽到這兒我真的是大吃一驚，心想：從沒聽過西田大哥與老婆感情不好，長那麼可愛的大嫂怎麼會在他人生最艱難的時候離開他呢？到底是發生了什麼事？西田哥接下來該怎麼辦呢？頓時腦中一片空白，心中只想著我該用什麼言語安慰他？我心急如焚地想找到西田大哥，想要給他一個大大的擁抱、安慰他，我在歌廳裡四處尋找，看到他時我的眼淚已忍不住了，一面跑向他一面哭著大喊：「哥哥！」西田大哥看我哭著跑來以為我發生了什麼事，立刻問我：「冰冰，妳是怎麼了？」我抱著他：「哥哥，你還好嗎？我應該如何幫助你呢？」西田大哥聽我這麼一說，也開始流下了眼淚。

我們兩個哭了好一會兒，西田大哥問我是不是聽到了什麼事？我又開始哭著說：「是的，我真不願意相信這件事情是真的。」我問他以後怎麼辦？有什麼打算？西田大哥說他現在欠著一屁股債，每天面對來要債的債主們，已經煩不勝煩，再加上家庭的困擾，他真的六神無主、連想怨恨的力氣都沒有了。他覺得現在自己又窮、又累、又丟臉，日子當然很不好過，但是無論怪誰都已無濟於事了。

我忽然不假思索地跟他說：「哥哥，其實我也沒多少錢，但我很想幫你，我幫你好不好？」西田大哥說：「我知道妳平常很節儉，聽說妳的負擔也很重，老父母等著奉養、還有小孩要帶、收入又少，哪有錢可以幫我？」我跟他說我回去確認一下存摺裡有多少後再來告訴他。回家後我看著存摺上八開頭的六位數字，這對於他所欠的鉅款實在是杯水車薪，不過還是先應急吧！我向媽媽要了印章，準備隔天一早去領錢，媽媽知道我是要拿去借人後便怎麼也不肯把印章給我，說這錢要是借出去就是肉包子打狗以後別想再看到了。媽媽說的我不是沒有想過，但即便如此，我覺得還是應該拿出來借他。爭執了好一會兒，最後媽媽氣得把印章往我身上一摔：「那是妳賺的錢，我不管了啦！」

後來幾年我的演藝事業越做越順利，人紅，收入就增加了，在電視台遇到西田大哥，出於關心我問他目前債務狀況如何？生活是否一切恢復正常？還好，吉人自有天相，西田大哥除了工作不斷外還有朋友相助，以致債務處理的很好。並且在他人生最低潮時，很幸運的碰到他現在的太太，願意與他共結連理。當我們緊緊握著對方的手，心中感觸良多，有好多的祝福與感慨都還來不及說時，他的太太忽然對我說：「冰冰啊，不好意思耶，西田哥常常提起妳幫助他的往事，我們並沒有忘記妳曾經救急借我們的八十萬，只是想說妳是自己人，就等別人的債務先還完之後再來還妳，還請妳見諒喔！」其實大嫂不須特地解釋的，我很了解西田大哥的為人。當初欠下龐大債務時，西田大哥的朋友在美國已幫忙打點好一切，要讓他到美國避風頭，但他沒有去，他選擇負起責任老老實實地留在台灣，拚命接餐廳秀和工地秀沒日沒夜地投入演出，只為了努力賺錢、還錢。

真是無法想像那段日子西田大哥是怎麼撐過來的，想著他每天在舞台上故作歡樂、裝瘋賣傻，娛樂觀眾的同時，左手剛領了錢右手便要交給債務人，這是什麼樣的心情？這樣的日子是如何熬過來的啊?!

那次相遇後過了兩個月，西田大哥打電話來說是要將錢還給我，只是當時他的財務仍有不小的壓力，所以無法一次還清，而是以每個月二萬元分攤著還。雖然每個月二萬要好久才還得完，但這更證明了他在手頭拮据中仍是努力的負責任，真是個老實、講信用的人。

還記得台視推出《天天開心》的時候，正是他每天處於焦頭爛額之時，但他仍兢兢業業地將節目做好，光鮮亮麗、笑容滿面地出現在大家面前。這個節目播出後大受歡迎，廣告邀約盛況空前，連前總統李登輝都表示，《天天開心》是他每天中午必看的節目，還曾經特別跑到台視觀賞節目錄影。

《天天開心》一播就是十幾年，一共播出了三千多集，不僅捧紅了基本班底，連廣告也都滿檔。但很多人不知道，這個節目一開始的企劃、導演、主持甚至到主題曲的撰寫，全是由正承受著極大壓力的西田大哥一手包辦。他的專業、敬業及能力實在非常值得演藝圈後輩們學習。

說到西田大哥現在的妻子——陳靜子，她是一個美麗、賢慧、善良又體貼的好女子。西田大哥與前妻離婚後，過了好多年，在藍寶石歌廳認識了擔任駐唱歌手的靜子，雖然對她很有好感，但自覺兩人年齡差距太大而有所顧忌，沒想到靜子的媽媽與阿姨都很喜歡西田大哥，還專程從南部到台北鼓勵他努力追求女兒。大嫂在西田大哥最困頓、落魄的時候勇敢接受了他，願意與他禍福與共、相互扶持的一起走過低潮，這就是真愛吧。

我相信天公是疼好人的，對於任何事都反求諸己、寬以待人的人，是會給予福報的。西田大哥為人善良、待人敦厚，遇事勇於承擔責任，所以他才能克服所有困難，有了今天的成就。甚至天公也讓很有福氣的大嫂為他生了一雙優秀的子女，讓一度以為自己沒有機會做爸爸的西田大哥，擁有一個美滿幸福的家庭。

從西田大哥身上我懂得了「選擇的力量」。就像他選擇原諒有愧於他的人，將原本壓在身上沉重的石頭，墊在他的腳下增加了人生的高度；他選擇勇於面對挫折、不怨天不尤人，一一克服了困境，全心全意走向新的人生。這個外表並不強悍，甚至有些文弱的男子，其實是一個堂堂正正、內心強大的男子漢。

後來，在民謠歌王劉福助娶媳婦的婚宴上，我看到西田大哥與靜子大嫂還有那無緣的前大嫂坐在同一桌吃喜酒，不僅大吃一驚，更敬佩他們賢伉儷的豁達。看著靜子不斷挾菜給前大嫂，我覺得我又上了很寶貴的一課——一念天堂，一念地獄。選擇把仇恨化為友情，真是了不起！如果世間人都能如此，社會定會祥和許多，各地法院定是門可羅雀、生意冷清，而省下的公帑就能運用在社會福利上了吧！

三千繁華，彈指剎那，
百年之後，不過一捧黃沙！
一輩子好短，說好要過一輩子，
可走著走著就剩下了曾經……
話多了傷人，恨多了傷神。

世間的理爭不完，爭贏了失人心；
人自在，心幸福，一生才值得！

黑白鍵上敲出的彩色人生

「為什麼別人都用走的，我要用爬的……」
就算小兒麻痺無止盡折磨身體，
番鴨王蔡義德還是能超越外在的阻礙：
「我還希望能完成站上高雄巨蛋舞台的夢想哩！」

人生際遇真的很微妙，我和蔡義德深交並不是從我們都熱愛的歌唱事業開始。

好多年前我和朋友們合夥開的冰冰蒟蒻，歷經了股東改組、加盟店糾紛等問題後，原本想要結束這些副業專心投入演藝工作就好，但結束公司對我而言最多是自認倒楣賠錢了事，員工面臨的卻是失業、影響生計這樣的大事。一個員工的背後就是一個家庭，這麼重大的社會責任，我無法容許自己假裝看不見。於是我和同事們研究市場需求、改良商品，讓這些努力認真的好員工能繼續工作下去。

而我和蔡義德就是在這時候有了更深一層的接觸與認識。我聽說他的老家是經營養鴨事業且做得很好，於是想跟他合作開發鴨肉相關食品，便進一步打電話跟他聯絡。

義德是雲林四湖鄉人，家中有七個兄弟姊妹，他排行老大。義德在週歲時，高燒了一個多禮拜都不退，吃藥打針都不見好轉，最後才知道是感染了小兒痲痺。父母帶著他四處求醫，足跡遍及台北、嘉義、彰化，但卻毫無進展。在護子心切的情況下，也透過按摩，希望可以治好那雙萎縮的腿。誰知道腳沒治好，左臂卻被拉到骨折！

頻繁的治療，讓義德十歲以前幾乎是以醫院為家。聽他說每次母親要離開醫院回家工作時，都只能偷偷離開，因為義德會一直哭著要媽媽留下來陪他。國小時，他曾邊哭邊問媽媽：「為什麼人家都是用腳走，我卻在地上爬？」

十歲時義德終於可以回家和家人一起生活，不用住在醫院裡，也終於進入小學就讀一年級，但這也開啟他人生中新的難題。義德說他一直不了解為什麼別人可以用走的，自己卻要用爬的？為什麼別人要一直叫他跛腳，甚至還朝他吐口水、扔石頭、丟樹枝來欺侮他。每當媽媽揹著他走在路上被同學看見時，他都會很自卑地把頭縮進媽媽的背裡，這時媽媽就會告訴他：「你要勇敢把頭抬起來，因為腳有問題不是你的錯，任誰都不願意這樣，你不需要自卑。」

雖然在學校同學霸凌他、在路上別人對他投以異樣眼光，但慶幸的是他的父母、兄弟姊妹總是鼓勵他、支持他，告訴義德他只是行動不便，雖然不能走路但可以做的事情還很多，應該做個殘而不廢、有用的人。

也許是自己的與眾不同造成自卑、也許是因為同學的霸凌，義德小學時的成績並不好，每次考試幾乎都是滿江紅。直到上了國中後媽媽告誡他：「你再不用功讀書，你就真的是廢人、真正的殘廢了！」從此義德開始發憤念書，自國中二年級成績都保持在前三名。而他在國三的時候，更遇到一位功課好、又熱心助人的同學——黃宏明。黃宏明總是會主動協助義德，揹他上、下樓梯及輔助他在學校時的一切行動。國中時期，除了學業成績進步以及交到朋友之外，義德也發現自己的天賦——唱歌。在歌唱中義德漸漸找回自信，也慢慢看到人生的曙光。義德說他常參加歌唱比賽，也因此得了許多獎品，家中的電風扇、電鍋等小家電都是他的戰利品。

但由於行動不便無法到外地就學，國中畢業後義德只好放棄升學留在家中。閒賦在家沒有事做，蔡媽媽用自己的私房錢買了一台口風琴給他，好讓他在家唱歌、彈琴，不至無所事事。自學了一段時間後，義德報名參加YAMAHA的電子琴演奏比賽並得到第三名，第二年再度參加比賽更得到了冠軍，當時海麗唱片的老闆是台下評審，他覺得義德琴藝不錯，便問他是否會唱歌，要幫他出唱片，於是約好了時間請義德到公司面試。

面試很順利，只不過不是灌唱片，義德一開始被安排在錄音室工作，這一做就是好多年。雖然沒能成為歌手錄製唱片，但讓他學會了錄音工程。這些年間，義德無師自通地陸續學會了電子琴、口琴、薩克斯風等多種樂器，奠定日後他音樂創作的基礎。

義德曾跟我提到：「我常聽到隔壁鄰居說，自己兒子上了高中、讀哪間大學……我也想讓我的媽媽以我為榮，因此我決定報考司法人員檢定考試。」雖然他只有國中畢業，更無法了解法律名詞的深意，但是他用最笨也是最有毅力的方式——一字不漏地背誦。皇天果然不負苦心人，自修三個寒暑，一九八三年終於讓義德通過司法人員檢定考試。「我那三年天天窩在家裡認真地背書，媽媽不但支持我，甚至比我還認真，她天天幫我燉湯、送飯，拿到三樓來給我吃。」義德說起媽媽時總是充滿感激。

不論是學音樂或是參加國家考試，義德都是靠自修學習、摸索苦練，他笑著說當他自學電子琴到一定程度，想再拜師精進琴藝，沒想到老師聽過他的演奏後卻說：「蔡老師，你可不可以教我電子琴？」這些成果在在都讓他感到自己可以做很多事情。喜愛音樂的他從不曾放棄過唱歌，於是開始創作歌曲，終於在一九八九年由海麗唱片發行了首張個人創作專輯《我袂走但是我要打拚》，圓夢當上歌手。專輯推出後，由於沒有宣傳預算做廣告，銷售並不理想，但卻受到歌壇大姊大陳盈潔的青睞，一九九四年時與其對唱〈今夜的月光〉大受歡迎，二〇〇三年再與蔡秋鳳對唱〈請你聽我講〉，也獲得了大家的喜愛。後來因接下父親的事業，便逐漸銷聲匿跡於螢光幕前。

家族從事家禽養殖業的義德，二十幾歲便成為縣議員父親蔡平的機要祕書，擬文稿、打理大小事他都駕輕就熟，是父親的得力助手。漸漸地蔡爸爸覺得義德已可承擔起家族事業，便將經營權交到義德手中。投身家族事業時，義德秉持一貫認真態度，行動不便的他無法親自餵養鴨鵝，就想出以水管自動養殖的方式替代。他將傳統勞力養殖改為自動化，並拜訪全省薑母鴨店，將規模從父親合作時的百家拓增為六百家，供應台灣紅面番鴨和相關食材五成的產量，他也因而獲得「番鴨王」的稱號。除了將飼養改為自動化、現代化、開發增加合作店家之外，義德也不斷地研發、擴充產品的多樣性，他研製的鴨肉丸，口感Q彈，一推出，就成為消費市場的寵兒，銷售量歷久不衰。

我很好奇成功經營家族事業的義德，為什麼又重返歌壇？事親至孝的義德表示，全是因為媽媽常說很想聽他多唱些好歌，才會又重新拾起音樂。義德說做為一個發片歌手他也是很認真的，不會因為事業而影響他該做的事，甚至在最新專輯《心頭肉》剛發片時，公司從早到晚一天內安排了十幾個行程，他二話不說不辭勞苦，忍受著身體的不適，一個通告也不缺地跑完全程。因為不論做什麼，他都要將事情做得漂亮、盡力做到最好。

我問他除了小時候因病導致行動不便之外，長大後在事業上、人生道路上是否遇過困難和危機？義德說二〇〇九年時，媒體曾誤報「瀝青鴨」新聞，引起消費者恐慌，不但讓他的事業跌至谷底，也因此與老婆分開。「瀝青鴨」事件不僅是他個人的危機，更造成全台鴨農的困境，鴨農們的損失超過兩億元。當時他沒有時間自怨自艾，只能打起精神、無視行動不便，帶領鴨農北上向電視台抗議，也因此登上報紙頭條，成為新聞人物。

二〇一六年十月義德在台中如願完成首次個唱，演唱會的票一開賣，便在一個月內完售，現場座無虛席。義德說為了完成自己的夢想、不辜負所有支持他的人，三小時演唱會他用近一年的時間準備、籌劃。那段期間心情起伏很大，除了構思曲目外，最擔心的是身體狀況，壓力大到在演出前一晚完全無法入睡。

那場演出，演唱近三十首曲目。由於四肢逐漸萎縮，義德無法久坐在輪椅上，因此只好盤起雙腿以撐起上半身，在舞台上演出三小時。而也因為坐輪椅，讓義德無法自己如廁，為了完美演出，全程滴水不沾避免跑化妝間。他說他等了這麼多年，這區區三小時他可以撐過的！義德的努力眾所皆知，當天許多台語歌壇的天王天后像是蔡小虎、張秀卿、張蓉蓉等人，皆紛紛現身力挺，粉絲也都全程陪他直到結束！

義德就是這麼樂觀、勇敢，而我認為他的樂觀勇敢是自我訓練、培養出來的。他擺脫別人加諸於自己身上的悲情形象，總是幽默自嘲、帶給大家歡樂。在演唱會時他會搞笑自封「行男」（行動不便的男人），又說當天現場大家都不能提早離席，不然就是沒愛心，幽默自嘲的話語立即炒熱現場氣氛。二〇一七年八月份他來上我的節目，我看到他左臉頰的地方有擦傷紅腫的痕跡，便開玩笑問他：「你都已經是大老闆了還會被人家欺負喔？你是被誰打的啊？」他竟然說：「我是被我自己打的！」

原來，他在自己家裡出了個小意外，坐在電動輪椅時一個不小心整個輪椅翻倒過來，直直壓在他身上。我聽了心頭一驚，但很快地就被他後面所說的話逗得哈哈大笑。他說：「我是正面朝下從輪椅上彈飛摔到地上，說時遲那時快，我的第一反應就是『我是靠臉吃飯的』，我的臉很重要，我若是就這樣跌下去的話鼻骨一定會斷，那我就成了塌鼻子歌王了，所以跌下去的瞬間我第一件事就是趕快把朝下的臉側轉過來，讓側臉摔在地上。」看著他很自在地敘述著受傷過程，雖然言語充滿詼諧，但我仍然覺得超級心疼。

除了樂觀勇敢，我覺得他也非常積極活在當下。每當娛樂圈或是公益團體、宗教團體需要他當義工，他都很熱心地專程從雲林北上來做免費的表演，他每次出現總是將自己打理得很好，把積極、正向帶給每一個人。聊天時我問他都在忙些什麼？他說醫生告訴他，三、五年內他的四肢會萎縮得更嚴重、可能完全無法動彈。我本想安慰他，但他卻接著說：「所以我正在練習用嘴彈琴、用嘴寫字、用嘴打電腦，即使未來四肢凍結了，我仍可以用嘴創作、用嘴跟外界溝通。我還希望能完成站上高雄巨蛋的夢想哩！」

義德帥氣的臉龐下，我試著讓他用最大的力道握我的手，看著他用盡吃奶力氣，而我卻無法感受到他使盡全力的力道，看著他弱小的身軀、無力的雙手，我無法想像他如何緊握麥克風度過三小時的演唱會，那是什麼樣的超人毅力啊！他經歷小兒痲痺折磨的身軀，一雙細到無法支撐身體的腿以及無法高舉的手，但憑著堅強的意志力，他擺脫了這些局限，讓心與成就無限寬廣地延伸，不但將家族養殖事業發揚光大，還發揮天賦創作出屬於自己人生的美麗樂章。

面對逆風中的人生，義德以樂觀、勇敢、毅力、智慧與幽默去迎接它。他努力地做到父親對他的期許：不能自憐自哀，要跟大家一樣地努力！朋友們，我們也將這句話牢記心中，不論任何時候遇到任何困難，都不可以放棄自己，要努力創造出屬於自我的價值！

矮擱肥擱短，
咱也是「蓋高尚」！

轉個念，頭過身也過！
沒想到走出令我自卑的「矮肥短」情結，
卻讓我重新攀上演藝高峰，
成為廣告新寵！

好多人在見過我後，第一句話總是：「冰冰姊，妳皮膚好好喔，白泡泡幼咪咪的，看不出妳小時候家境不好耶！」接著會問：「妳是從小就這麼白皙嗎？還是保養有術的關係？可以知道妳用什麼保養品嗎？」

每每聽到這樣的話，總是讓我既高興又無奈。因為我童年真的就如同我自傳所寫、媒體所報導過的一樣：出身貧寒、家境困苦、要照顧弟妹、要揹著妹妹或弟弟做家事，要劈柴、升火、種菜、煮飯、洗衣服、縫衣服、趕鴨子去河邊、挖蚯蚓給鴨子吃、到井邊提水、去礦場撿拾煤渣……做著一件又一件家事，又要當媽媽的出氣筒。而且家裡真是一窮二白，平常吃的都是自己種的地瓜葉、空心菜、蘿蔔乾，一年之中只有在過節時才難得可以吃到一點點肉。甚至全家人共用一條洗臉毛巾，想著那又黃又髒又破的長條毛巾上，可能殘留爸爸的口沫、弟弟的鼻涕，我常洗了臉之後，用手臂及身上的衣服抹一抹臉就算完事。營養不良、加上長期揹著弟妹做家事，所以我小時候真的是又黑又瘦小，大家可以看看我小學時的畢業照，其中又黑又小、露出半顆頭的那個就是我了。

不過雖然家境窮困，我還是有去學校念書的。我住的地方離學校很遠，位在偏遠山區的家，來回學校一趟至少需要兩個小時。那時的校規有一條「要穿鞋上學」的規定，這條校規年輕人大概很難想像吧！穿鞋，不是天經地義的事嗎？哪還需要規定？原因是那時大家都太窮了，所有的生活所需以吃飽穿暖為優先，其餘的都是能省則省，而我家則是省到最高點，只要是可以共用的就絕不浪費多買。於是一雙鞋子，姊姊穿不下了輪到我，我和弟弟妹妹們幾個孩子再輪流穿，穿到鞋底都破洞了仍繼續穿。為了讓鞋子的壽命長一點，我經常赤腳走在滾燙的柏油路上或是泥濘的傾盆大雨中，進學校前才將鞋子套上，出了校門便脫下掛在肩上或手上提著，寶貝得不得了。但，即便如此，能到學校上課，仍是我每天最快樂的事情。

雖然每天要做許多家事，可以好好坐下來念書的時間不多，但我很會讀書，功課總是名列前茅。不過成績好並沒有因此得到好處，男同學總愛捉弄我，常常好幾個男生走在我後面，其中一個會拉一下我的頭髮或是打一下我的頭、推我一下，然後說一聲「矮冬瓜」，而我回頭時他們就嘻嘻哈哈的左顧右盼，不然就是互相看來看去地裝做「有事嗎？」的表情。也許很多人會說：「男生就是頑皮嘛！」、「開個小玩笑嘛！」、「不要理他們就好啦！」之類的話。但這些話不但安慰不了我，還會讓我覺得你們都是同一國的、都在取笑我，讓我對自己的矮小感到自卑、對大家無法用同理心感受我的痛苦而無奈。這看似孩童時期幼稚的調皮搗蛋，卻深深影響了我好幾十年——在我的演藝生涯中，我一直努力避免人們用「矮」來形容或介紹我，直到一九九一年的一個廣告代言……

當時我演出的八點檔《婆媳過招七十回》大受歡迎，許多廣告商紛紛找我代言拍廣告。其中有一家由兩個年輕人開的廣告公司，接到了冬瓜露飲料的案子，他們很有創意地向客戶提出「everyday」（天天喝）的構想，也將飲料的包裝特別設計成又圓又矮的罐子，「everyday」的台語諧音是「矮肥短」，而符合這個創意的最佳廣告代言人便是我了！

這個提案讓客戶滿意極了，但我卻是一聽到「矮肥短」三個字後便立刻拒絕，童年時造成的陰影，讓我連聽都不想聽這個企劃案。但那兩個年輕人不死心地每天打電話來遊說我。最後，他們告訴我：「白小姐，我們是剛成立不久的小公司，資金不多，還申請了創業貸款，這次的機會對我們真的非常重要。這個廣告的成敗決定我們公司的命運，求求您再考慮一下，拜託、拜託您了！」

聽到這番懇切的說辭，我心軟了。我似乎從電話那頭年輕人的請求，看到了以前為了求得表演機會，到處請託別人的自己，以及為了工作機會忍氣吞聲、默默承受職場的霸凌。想到自己一路走來的不易，惻隱之心油然而生，我實在不忍心打擊這兩個積極進取的年輕人。唉！矮就矮吧，如果我犧牲一下自己的形象可以換得他們成功的機會，那好吧！拍吧！

冬瓜露的廣告非常成功，廣告歌曲傳遍大街小巷，無論男女老少人人琅琅上口。廣告播出沒幾個月後，其他的廣告商陸續與我洽談不同商品的代言。我記得有房地產廣告、乖乖孔雀筒、愛之味的妞妞甜八寶，還有福祿壽三仙製藥的爽聲片也找我！而讓我印象最深刻的是一個麥片廣告，那個麥片廣告商找上門時我相當意外，因為這支廣告原本是由崔麗心代言詮釋的，我與崔麗心的風格截然不同，廠商怎麼會找上我呢？結果廠商給我的理由很簡單：因為由白冰冰小姐拍的食品廣告沒有不暢銷的。

除了各種不同的廣告代言，電視節目也邀約不斷，最好玩的是還有各種商演邀請。我記得不論是喜宴或是工地秀，只要我往舞台上面一站，現場的小朋友們立刻像合唱團一樣邊拍手邊唱著：「矮仔冬瓜，矮罔矮，人攏笑我everyday！矮擱肥擱短，金蜜蜂冬瓜露，一罐矮，真正退火！」現場氣氛立刻熱鬧了起來，然後又會有大人跟著一起再唱第二遍，主持人根本不需要暖場、再為我多做介紹了。曾有一次一個賣房子的老闆在表演結束後對我說：「白小姐，這是下一場秀的錢，今天一起給妳，妳下禮拜不用來了喔！」我一聽，趕快問他怎麼會這樣？是我的表演不好嗎？沒想到老闆說：「不是啦！妳就是太好了，妳每次來表演，我的房子就賣得很好，這一次已經提前賣光了。房子都賣完了，原先安排的下一場當然就不用辦啦！妳是銷售的最大功臣，所以錢還是照給妳啦！」聽到這樣的事情我真是高興極了，我的知名度及表演真正幫助了銷售，我無愧於老闆們啊，能夠皆大歡喜真是太好了！

沒想到就這麼一個小小的轉念，除了讓那兩個年輕人的廣告過關，對我自己的幫助與改變更是大，我因此攀上另一個演藝事業高峰！放下固有的執念、換位思考，不僅解決了別人的困難，也破除了自己從小到大，長期以來不需要有的自卑情結。轉念竟然能夠有這麼強大的能量與力量，這是我始料未及的。

我相信童年時期同學無意間帶給我的創傷，許多人一定有過類似的經驗或遭遇。也許是外型的嘲弄，也許是因為課業、家境的排擠，甚至有的就只是看你不順眼，原因百百種；有的是一人或少數幾個欺負一個對象，也有多數人聯合起來凌辱一個人，而這就是現在全球都在談論的「霸凌」。只是現在更甚以往，不僅是面對面的接觸，在虛擬無垠的網路世界更是嚴重。

前幾年我曾看過兒福聯盟所公布的調查，調查數據看得令人心驚

——受訪學童有百分之十六．三被霸凌的經驗、百分之六十一因為身材長相被歧視……而新聞媒體更是常有因受不了被霸凌而輕生的報導。

幾年前我們演藝圈同事楊又穎，她年輕美麗、工作又認真，卻因不堪被有心人刻意抹黑、攻擊，無法釋懷網友對她不理性的發言、匿名者對她肆無忌憚的謾罵與嘲諷，於是她選擇離開這個世界，並且在遺書中表明，希望她的死可以讓網路霸凌受到關注、希望再也不要有第二個受害者出現。是什麼樣的社會要讓人以死明志？我們傳統溫文敦厚的美德到哪兒去了？楊又穎的遭遇只是滄海一粟，還有許多未被察覺、未曾被報導，也許就在你我周遭的受害者。

每個人個性與命運都不同，有些人可以開朗樂觀地面對生活、自我排憂解困，有些人則需要旁人的關懷協助來面對逆境。但無論面對哪一種性格的人、身處什麼樣的環境，我們至少應該做到兒盟呼籲反霸凌的三不：不嘲笑排擠、不批評謾罵、不隨之起舞。面對不公不義的事情要能換位思考、正視問題所帶來的傷害。不過提醒大小朋友們，遇到事情千萬不可有勇無謀、逞一時之快，更不能以暴制暴。

「一枝草，一點露」這六個字送給現在正陷於迷惘、陷於低潮的朋友，不論你遇到什麼困難、身處什麼位置，請記得：天無絕人之路。遇到困難逆境時，不要沉溺在自艾自憐中，更不要自暴自棄。葉啟田紅透半邊天的〈愛拚才會贏〉不是唱到：「一時失志不用怨嘆，一時落魄不用膽寒……」一時的不順遂不代表一生都是如此。況且，我們每個人在這個世上都是無可替代的存在，不論高矮胖瘦、富貴貧賤，每個人都有他的價值，只要一個小小的轉念，不論是晴是雨，都能看見它的美好。

這篇故事我主要想與各位分享的是「轉念」，轉念真的很重要，你的憤怒、仇恨、悲傷或者自卑都會因為你的轉念而產生不同結果。長得漂亮是父母給的優勢，活得漂亮才是你的真本事！所謂「好事放心頭，壞事放水流」，懂得如何「選擇」是很重要的。對我們好的人我們要常記心中、感恩圖報，對我們不友善的人，除了要懂得抵抗、保護自己，更重要的是讓他付之東流，這樣才能擁有一顆堅強的心、幸福的人生。

冰冰說好話

人生如過客，充滿了驚喜，
也包含無奈，更多的無常！
春去秋來，日升日落，
花開花謝，緣起緣滅，珍惜當下！

成功不會自己來敲門

我走過很多冤枉路，事後反省這都是情緒造成的，
難怪有句話說：
傷心、著急、生氣的時候都不要急著做決定，
避免下錯判斷！
少走冤枉路，成功捷徑通。

每個人所從事的任何一種工作，在還沒有成氣候之前，都可能有一肚子的委屈坎坷，我也不例外。

沒有走紅之前的我，常常在接了通告、梳妝打扮好，甚至在某些通告場合彩排了無數次後，只因我不夠紅就被無情地抽換掉，沒有人會在意我空等一場。「演不到就算了嘛！」不了解的人會認為這有什麼大不了的？但事實上那些空歡喜一場的通告，很多都是我忍痛推掉了秀場的賺錢機會、犧牲睡眠時間，花了精力、花了車錢換來的。更過分的是也曾發生為了宣傳專輯，只好參加短劇演出才能換得在節目尾聲打歌的機會。我不計形象扮醜、扮癲，通知全村的人看電視，結果唱歌的部分被剪掉了，打歌的目標沒有達到，拿到的酬勞只有一千三百五十元，那是為了打歌勉強答應的基本車馬費，結果卻是被利用去演短劇，唉！

八〇年代，秀場錄影帶風靡全台灣，錄影帶業者更如雨後春筍般冒出來。除了三立影視公司推出的《豬哥亮歌廳秀》之外，還有以葉啟田為男主角的啟航錄影帶、以黃西田和康弘為首的大七錄影帶⋯⋯

有一次啟航錄影帶發我通告，叫我去錄影。錄影當天我還有晚場的秀場表演，由於晚場是十點結束，我從高雄搭車北上最快也要六個小時，換句話說就算馬不停蹄地趕去，我到攝影棚也已經是凌晨兩、三點了，這麼晚還要錄嗎？我心裡納悶著。於是我在秀場開演前打電話向對方窗口確認，詢問他實際情況以及時間問題，沒想到對方說：「沒問題，我們二十四小時都在錄，放心啦，妳秀場結束後就趕快來吧！」聽到對方肯定的回答，我當下還很高興，那就像是賺了外快的感覺，因為可以不用取消秀場表演，只要犧牲原本的睡覺時間去錄影，我何樂而不為呢？

秀場結束後我立刻搭夜車北上，到達攝影棚時正好是休息時間，大家都在吃宵夜。工作桌上擺滿了豆漿、燒餅、饅頭、飯糰等各式各樣的點心。不論演員、歌手或是工作人員，有邊吃邊聊的、有趁機打盹閉目養神的，各自做著自己的事。我愣愣地站在一旁，不敢隨便找人攀談。

這時葉啟田大哥正好走過來，他看到我獨自站在一旁，微笑地對我說：「欸～妳怎麼一個人站在這裡？去吃點宵夜啊！」我害羞地笑了笑，但並沒有移動腳步，只覺得好棒喔！那麼大牌的葉大哥與我並沒有什麼交情，但他很熱情地招呼我。葉大哥看我不動，便繼續說：「有豆漿、有飯糰，來吃啊！」我不好意思地走了過去，也就呆呆地照著葉大哥說的，拿了一杯豆漿、一個飯糰。

我咬了一口飯糰，心裡對於葉大哥的親切正感到溫暖時，有個工作人員看到我，便問說：「咦？妳怎麼來了？」我說有工作人員通知我要錄影啊。他又問：「妳有錄影？妳錄哪一場？」我說不知道，我才剛到，正想去請問工作人員是要錄哪一場？只見他將工作表翻來翻去，紙張因快速翻動而發出唰唰聲，最後他篤定地說：「沒啊，真的沒有妳！」「有捏！我來之前還打電話確認過的。」那個人搖搖頭，對我聳了聳肩。我跑去看排程表，結果上面真的沒有我的名字。

這時，我看到發通告給我的那個人，他也在現場。顧不得才剛咬的那口飯糰還塞在嘴裡，我走上前去問他：「我晚上不是才打電話跟你確認嗎？你還很確定的說沒問題，結果排程表上根本就沒有我。況且就算有變動，你也應該在我出發前告訴我啊！」他一副無所謂的樣子，淡淡地吐出：「拍謝啦，今天排不到妳。」我著急地對他說：「我專程從南部坐夜車上來耶，不僅沒有睡覺、白花了車錢，還要再趕回去準備明天中午的表演，我怎麼辦？」他還是若無其事地說了一句「拍謝啦！今天排不到妳……」就走開了。

我難過得再也說不出話來，嘴裡的那口飯糰無法吐出也嚥不下去，我將手中的豆漿和飯糰放下，低著頭默默往外走。沒想到這時又碰到了葉大哥，他從外面走來，我與他擦身而過時，他又問我：「妳不吃宵夜要去哪裡？」不知是不是因為剛受了委屈還是被葉大哥的熱心所感動，我抬起頭轉身看著他，難過得無法言語，眼淚卻奪眶而出，急簌簌地往下掉。葉大哥看到我掉眼淚，立刻停下了腳步說：「唉呦！妳是怎麼了？」他不問還好，一問我便加快腳步，他還在我身後喊：「欸！冰冰哪，妳怎麼了啦？」葉大哥越在後面喊我，我越是快速地哭著離開攝影棚。

仔細想想，這樣的情形其實並不少見，也不只我一人有此遭遇，且除了拍攝秀場錄影帶之外，電視台的通告也常常發生類似的情形。

一位很知名、現已過世的製作人，他的節目曾發通告給我，要我參與的遊戲需要爬到很高的地方。我個子很小，費盡千辛萬苦爬了上去後，站在高處等待著。不料聽到在下面站滿工作人員的地方，有人正大發雷霆對著上面大肆咆哮：「妳在那裡幹嘛？下來！」我往下一看，原來是製作人在罵人。我很本能的往左右兩邊看，觀察他說的是誰？結果更爆烈的吼聲隨即而出：「就是妳！妳還在看哪裡？」接著就是一串三字經。我一看製作人這麼兇趕緊爬下來，這時聽到他又罵著身邊的人：「╳╳！誰發這個人來的？她是誰？……」那位製作人一點都不留情面、連珠炮似地罵著發通告的人。

當時我的心裡好著急，感覺我要是不趕快回到地面上，製作人的罵聲就不會停下來。我也感到十分難過和抱歉，工作人員之所以會挨罵都是因為我……到了最後，現場再也沒有人敢和我說話了。

從高處被叫下來後，我也不敢去問發生了什麼事，更不敢隨便離開，一個人從中午一直乾等到半夜兩點多。拍攝現場的明星越來越少，眼看大家都快要走光了，我便找了一位正在拆布景道具的工作人員小聲問他：「不好意思齁，請問還會繼續拍嗎？那我呢？」那位工作人員沒好氣地回道：「不要跟我講話啦，都已經被罵到臭頭，早就收工了，妳自己不會看喔！」

就這樣，站在喧鬧的收工現場，看著工作人員拆布景、收道具、收麥克風……聲音嘈雜、人來人往的攝影棚卻沒有一個人理我。我沒有機會知道自己讓製作人大發雷霆的原因，就單單只是我不夠紅嗎？我真的那麼不堪嗎？我該怎麼辦？可以怎麼做？我沒有機會向發通告給我的人道歉，也不敢在被叫下來後就走人，傻傻地站在一旁等了一天，最後只能吞下自己的委屈，默默流著眼淚離開。

在演藝圈四十幾年，一路走來不論是秀場的表演、電視節目的演唱、主持或是電影的演出，我常會檢討並反省自己。所以回想起這些往事，覺得當時的自己除了社會歷練不夠之外，實在是太老實了。我常想，當那位知名製作人發脾氣，如果我能懂得如何圓融處理，應該就要利用錄影的休息空檔去找製作人，先向他道歉，告訴他都是因為我的關係造成大家的困擾，也請他不要責怪工作人員，因為他們只是看到我在秀場的表現不錯，讓我來為節目增加效果，請他不要生氣、責怪大家。說這些話能不能改變製作人當時的態度與決定我不知道，但至少讓製作人、現場的人對我留下印象，而不是就這麼白白犧牲了一天秀場的賺錢機會、白挨了一頓罵後，接著毫無所獲地哭著離開。

而拍秀場錄影帶時，我也不該一聽那個工作人員說名單上沒有我、排不上錄影，我就乖乖離開。若我能據理力爭一下，甚至在第二次遇見葉大哥時，把握機會將情形告訴他，請他為我說說話，以葉大哥的熱心及當時男主角的地位，他一定很願意去跟工作人員溝通，也許就可以現場臨時為我安插一個角色進去，讓當時的情況有所扭轉。

有人說生氣的時候不要急著做決定，因為你會下錯判斷、做錯決定。我覺得傷心的時候、著急的時候、太高興的時候也都不要急著做決定。從上面兩件事情看來，我都急著傷心、急著離開現場，沒有想想應該如何自救一下，甚至沒有意識到可以幫助自己的「貴人」就在眼前（葉大哥他都叫住我了，但我就只顧著傷心，他越叫我還跑得越快……）。如果我能先將委屈、丟臉這些負面情緒先暫時放下，冷靜地想想如何解決問題、抓住眼前機會；想到解決的方法時，不能婆婆媽媽，一定要果決地盡快執行。那麼不僅當時的情況可以獲得不同結果，也可以讓自己從中得到經驗，以後少走些冤枉路（類似這樣的事情可不只是一兩件啊！）。

有了那次經驗之後，讓我懂得擁有同理心，當我開始成為節目的主要靈魂人物，我會很體恤新進演藝人員或者臨時演員，不讓我的壞經驗發生在這些人身上。哪怕有時候他們的表現實在無法過關，我都耐著性子教他們，以免被製作人趕走。

除了處事經驗不足之外，還有一點是我個人很深切的體認——自卑。

我的原生家庭背景不好，從小困苦又常遭欺負，所以遇到不合理的事情時，總覺得是理所當然，遇到能幫助我的人，我也會擔心對方會不會因為我而受到什麼樣不好的牽連。其實，我是有實力的、我也夠努力，工作能力與表現上一點都不輸別人，我為什麼要自卑？為什麼不敢替自己爭取？各行各業中也有許多人像我一樣，家境並不好，甚至很小就要放棄上學的機會分擔家中經濟，也因為自卑的心理，吃著悶虧甚至錯過大好機會。

藉著我的分享，希望能給有心向上的人一些提醒，出身窮困並不可恥，受欺侮也不是自己的錯，不需要把那些不必要的包袱背在身上。先天的條件越是不如人，我們就越要懂得自救，謹守自己的本分、認真的求進步、累積自己的實力，並善待周遭的人，終有一天會達到心中的理想標的。

受過嚴寒的人，才知道太陽的溫暖；
飽嘗人生艱辛的人，才懂得生命的可貴。

文將，甘巴嗲！

卡將（母親）那一聲沉痛的吶喊，
震懾住蔡頭；
他說，若沒有卡將堅定的呼喚，
就沒有今天的蔡頭了……

以前在秀場表演時，蔡頭常把自己年輕時的糗事說給大家聽，每次都聽得我樂不可支。他說當兵時，部隊常有些專業項目需要請阿兵哥們做，他們管這個叫出公差，大多是刷油漆、木工等工作。而若是可以出公差，就不用在大太陽下辛苦的操課。剛開始蔡頭還不知道出公差是幹什麼、有什麼好？但一兩次後他就明白了，他開始耍小聰明，不管要出什麼公差、他會不會做，只要長官徵詢意願，他就舉手，反正做不好同儕也不敢告狀。但時間一久，便引起了連長的注意——怎麼這個蔡斯文（蔡頭的本名）什麼都會？

有一年中元普渡，連長說要殺頭豬來好好拜一拜，就問連上有誰會殺豬？「我！」連長剛一說完蔡頭便第一個舉手，接著陸續又有幾個弟兄舉起手來。連長看了一下說：「其他人手放下，蔡斯文第一個舉手就蔡斯文來殺！」連長看著蔡頭說：「我注意你很久了，你什麼都會，每次出公差你都自告奮勇，但每次都增加別人的麻煩、扯大家後腿。就是你！明天你一個人殺豬，你要什麼工具？」

「啊～～就我一個人殺豬？完了完了……這輩子只吃過豬肉，沒看過殺豬。豬，要怎麼殺？」蔡頭心想這下慘了。但木已成舟，連長都這麼開口，現在要反悔已經來不及。蔡頭想了想：「算了！反正到時候把豬給敲昏了用繩子綁起來，最後再用菜刀殺掉應該就可以了吧！」於是硬著頭皮說：「報告連長，我……我需要一根鐵棍、一條繩子和一把菜刀。」

第二天一早，連長要大家到豬圈集合，蔡頭要的三樣工具已經擺在面前，他抱著速戰速決的心情上前想抄起鐵棍，但鐵棍又長又重，他根本舉不起來，光是提起一端就費了不少力。連長問他：「怎麼？蔡斯文你不舉啊？」蔡頭喘著氣說：「報告連長，我可不可以換成鐵槌還是木棍？」這時候連上弟兄已經有人憋不住發出了笑聲。連長說：「好，給他找根木棍來！」很快的就有人拿了一根大木棍給他。蔡頭提著棍子走進豬圈，吸了口氣，像舉起武士刀般地舉起木棍大喊：「呀～鯽哩係（台語「讓你死」之意）！」對著豬就衝了過去。沒想到肥胖的豬一點都不笨拙，靈敏地一下子就閃到旁邊，木棒打到地上，震得雙手發麻，他不死心又繼續同樣的動作，一邊大喊：「鯽哩係！鯽哩係！」一邊朝著豬瘋狂揮舞木棍，但始終打不到要害，整個豬圈就看他和豬兩個跑來跑去。終於有幾棍打到了豬身上、腿上，豬痛得吱吱叫，還邊跑邊噴出屎尿來。蔡頭緊跟在豬的後面，一不留神便滑倒了，滑到豬旁邊的他顧不得痛和臭，抓著豬就喊：「快，快把繩子給我！」好不容易終於綁住了一隻腳，但豬還是奮力地掙扎、亂動著。只見一人一豬在豬圈上演起了摔角，後來蔡頭幾乎是求饒般地對豬說：「喂，豬大哥幫幫忙啦，你就讓我殺一刀啦！意思到就好了啦！要不挖ㄟ係啦！拜託啦～」他在豬圈裡搏命演出，大夥兒在外面早已笑得東倒西歪了。

他說這些事除了娛樂大家，也是想告訴我們做人做事要實實在在，千萬不要自以為聰明，認為可以「偷吃步」，因為騙得了一時騙不了一世。故事雖然精采好笑，道理也講得很對，但讓我更好奇的是為什麼當時一起出公差的弟兄不敢告他的狀？蔡頭說：「你們都忘了我是『大尾鱸鰻』駒，誰敢對我沒大沒小的！」

對，沒錯！早期曾是「豬哥亮歌廳秀」的固定班底之一、曾在各大節目活躍的蔡頭，在進入演藝界前是耍勇鬥狠、成天打打殺殺的流氓，與舞台上表演精湛、舞藝高超、詼諧逗趣的他一點都不一樣。

蔡頭的本名叫蔡斯文（雖然一點都不符合他），斯文這個名字是阿嬤取的。他說出生時所有看到小寶寶（蔡頭）的人都被他的長相嚇到了，但大家又不敢讓眼睛看不見的阿嬤知道。當大家竊竊私語時，阿嬤急切地問：「阮金孫生做啥款啊？」大家為了不讓阿嬤傷心，於是就騙她說「蓋緣投（台語「帥氣」之意），生做真斯文」，阿嬤一聽開心得不得了，不識字的阿嬤便為他取了「斯文」這個名字。

小時候的蔡頭功課還不錯，在那國小畢業繼續升學還要考試的年代，他也順利的考上初中。直到初中二年級，有一次上地理課，老師講到在北京周口店發現的北京猿人時，目光掃到了蔡頭，便說：「蔡斯文，你到講台上來。」雖不明所以，蔡頭還是依老師指示走到講台上去。等蔡頭站好後，老師說道：「你將左側面轉向同學。」蔡頭乖乖地照做了。就在這時，老師又說：「好，再轉右側面給大家看。」

「各位同學，你們現在看到蔡斯文的側面，就是北京猿人的樣貌。」老師的話頓時惹得全班一陣哄堂大笑，在大家笑得人仰馬翻時，老師若無其事地叫蔡頭回到座位上去。受到那樣的羞辱，蔡頭當時心中的感受可想而知，忍著將要奪眶而出的淚水，他緊緊地握住拳頭，極力按捺著想衝上去給老師一拳的憤怒。

在學校時蔡頭一直強忍著不讓眼淚掉下來，直到放學回家，心裡的屈辱實在是憋不住，終究是掉下了眼淚。他邊走邊嚎啕大哭，在途中遇到了他校的學生，一群人看到他哭就圍過來笑他：「男子漢大丈夫掉什麼眼淚？」、「長這麼醜還哭」、「醜八怪，越哭越醜」……他實在忍不住，一拳揮了過去和幾個人打成一團，也因此被學校記過處分。蔡頭說從那時候起他就不想讀書了。他還跟我說：「從那次以後，只要看到比我緣投的，我就見一個打一個，見兩個打一雙。」我忍不住笑他說：「哇，那還得了，這樣你要打的人太多了，打不完捏！」他聽了哈哈大笑。我雖然如此跟他開玩笑，但我也忍著奪眶而出的淚水，心裡想著：「這個老師真是要不得！身為老師難道真的不懂這樣的當眾霸凌，影響了蔡斯文的一生，實在太可惡了！」

叛逆不念書的蔡頭開始跟一些不良分子在一起打架、鬧事，我問他都做過哪些事？他說他們除了不偷不搶外，結夥恐嚇、幫派打架，只要我想得到的他都做過。在道上時，一開始大家叫他大頭（因為他的頭大），慢慢混出名堂來之後大家就改叫他頭哥。從赤手空拳到拿扁鑽、武士刀，砍人也被人砍，全身上下布滿了「拉鍊」。大大小小犯的事還真不少，台灣各地監獄他大概都待過一輪了。直到最後一次他被送去了綠島唱小夜曲（管訓）。

蔡頭在各地坐牢時，蔡媽媽像是環島旅行般不辭辛勞地去看他，即使是路途遙遠、要跋山涉水的綠島也一樣。綠島四面環海，監禁的都是政治犯、重刑犯和幫派分子，除了犯人脫逃不易，要前去探望也是困難重重。加上當時的交通不像現在那麼方便，船小、船班少，當天開不開船還要看老天爺的臉色，而綠島又不是天天開放會面，因此要能見上一面並不簡單。好不容易，有一天，蔡媽媽燉了雞湯去綠島探望蔡頭。

「卡將」！看著臉上沒有血色、疲憊憔悴的媽媽，蔡頭輕輕地喚了一聲。蔡媽媽將手上緊握著的雞湯罐子往前一推說道：「文將，這是雞湯啦！」蔡頭問媽媽為什麼臉色這麼難看、嘴唇都發白？蔡媽媽搖頭沒有回答。久久不語後嘆了一口氣、語重心長地說：「文將！卡將年紀大了，千山萬水地來這裡一趟很不容易。小時候你是個很好很乖的孩子，但之後變了，我怎麼講怎麼勸你都不聽。現在你已經關到這裡來了，卡將真的拿你沒辦法。我的身體越來越差，這一次應該是最後一次來看你。自從卡將生了你，大半輩子都在為你擔心受怕，到火燒島來已經是人生的最尾步了，你還有機會出來嗎？出來以後又能做什麼呢？與其繼續逞兇鬥狠，也許在這裡的你才是最安全的，我老了！以後沒辦法再來了，你好自為之吧！」蔡媽媽說完，沒等蔡頭開口便轉過身去準備離開。

蔡媽媽走了幾步之後停了下來，蔡頭以為媽媽還要再說些什麼，只見蔡媽媽背對著他舉起右手大喊：「文將～～～甘巴嗲～～～」隔著玻璃，媽媽的那驚天一喊震懾住蔡頭。卡將從肺腑間暴衝出來的一聲加油，是那個總輕聲細語說話的卡將、那個從沒有對他說過重話的卡將吶喊出來的？蔡頭微張著嘴，說不出話來。望著媽媽漸漸離去的身影，腦中的記憶不停切換，像是縮時攝影般——一個年輕活潑的少女、抱著兒子充滿喜悅的少婦、常常在急診間憂心忡忡的中年婦人、傷心黯淡痀僂的老嫗。媽媽自年輕到老的一生剎那間清楚地呈現在他眼前。探監窗口距離那一道分界著自由與禁錮的門不遠，媽媽孤寂的背影終究消失在門後，當門輕輕關上的那一刻，蔡頭當場痛哭失聲。

蔡頭在媽媽最後一次探視後，痛定思痛，決定洗心革面。但出獄後的他要重新投入社會並被大眾接納並非易事，誰也不敢輕易錄用一個前科累累的人，尤其還是去過綠島的「大尾」。他左思右想，有什麼是自己擅長的？過去在混的時候常去狄斯可、舞廳跳舞，自己有興趣也有些天分，因此他決定往這個領域發展。除了找老師學習、精進舞藝，也開起了舞蹈教室教學生跳舞並成立舞群，與演藝圈合作表演，也因此有機會進入了圈內，慢慢地在秀場發展、在電視上演出。與我、豬哥亮、費玉清……都合作過。之後也成了好朋友。

蔡頭相當有才華，無論是口才、唱歌、跳舞都很出色，他也以誇張的出名表演受到觀眾喜愛。除了常常語不驚人死不休外，他做的事也總是令人瞠目結舌。

相信很多人都知道他和弟弟蔡斯聰博士兩人創辦了「紅頂藝人」。「紅頂藝人」是台灣最早成立的反串職業劇團，當時紅遍海內外，甚至有國外媒體專程到台灣做專題報導。而紅頂藝人是如何誕生的？蔡頭為什麼會有這樣的念頭？好友林松義說，有一年他和費玉清、蔡頭幾個好朋友去泰國玩，那次是蔡頭生平第一次出國。原本只是單純觀光，沒想到他看了幾場人妖秀後大受感動，每一次表演結束，別人都是看完了就走，只有他拿著一疊鈔票跑上舞台，發給每一位舞者，要不然就是和費玉清兩個人跑上台去、流著眼淚舉著大拇指對舞者說：

「Very good! Very good! Wonderful show!」當時他人還在泰國，就已經等不及向我們幾個分享，說這個節目太棒了，回到台灣他也要來組這種團體！沒想到，他真的做到了！而且還是在短短三個月內，他就成立了「紅頂藝人」。

當年的表演方式紅極一時、轟動海內外，紅頂藝人也成了反串的代名詞。然而反串表演雖是紅頂藝人的特色，但絕不是唯一賣點，蔡頭非常用心地將中國傳統戲曲、台灣鄉土文化、日本藝術與西洋樂章結合在一起，融入戲劇中。不僅成為國外觀光客到台灣指定觀賞的表演團體，也得了不少獎項，是台灣文創觀光產業的代表。雖然受大環境的影響而逐漸沒落，也因九二一大地震導致上億元的損失。歷經起伏，曾經的那般風光現在已不復見，這一路的風風雨雨甚至讓蔡頭一度罹患憂鬱症，但他卻無怨無悔。

蔡頭說卡將是他生命中最重要的貴人，若不是卡將那一聲沉痛的吶喊，也許就不會有今天的他。人生在世難免犯錯，而欺凌別人、以身試法更是不可行，雖然小時候老師語言霸凌傷害了他，但不表示曾經受過傷害的他可以去傷害別人，在走錯了路之後若是能有勇氣悔改，也許便能導正自己的過錯，不讓身邊的人傷心、更不會讓未來的自己後悔。

而家人的親情、良友的忠言最是可貴，他們能在我們需要幫助的時候，不求回報地向我們伸出援手，也是我們在需要支持與鼓勵時，最大的精神支柱。珍惜身邊的親人、朋友，找到一己之長盡情地發揮，為自己、家人、社會貢獻一份心力，灰暗的天空中定會露出曙光的。

蔡頭的故事讓我領略到，有時候語言或文字對人的傷害比刀槍更甚，未來我在主持節目的時候更將謹言慎行，莫將自己的歡樂建築在別人的痛苦上。

水深不語、人穩不言，
生活不是戰場，無需一較高下。
多一份理解就少一些誤會；
不要背後說人，不要在意被說。
一無是處的人沒得可說，
越是出色的人越會被說。

世間沒有不被評說的人，
別人的嘴我們無法去控制，
但我們可以抱一顆淡然的心去看待一切紛擾。
有些事，需忍，勿怒；
有些人，需讓，勿究。
嘴上吃些虧又何妨，讓他三分又如何。

那朵佇立在大漠的菅芒花

歌仔戲有句知名唱段「身騎白馬過三關」，
我的親姑姑白華英簡直像打過十八銅人陣！
一個弱小的婦人，
可能連她自己都不知道原來她擁有這樣的能力。

白華英，台灣姑娘，一位做衣服的裁縫師。嫁給了在台灣當兵的外省軍人，一九四九年國共內戰後滯留在廈門，從此音訊全無與家人失去了連繫。由於先生國民黨籍軍官的身分，以致全家人一次又一次被下放勞改，最終到了內蒙古。操著台灣口音的她，不論下放到哪個城市，總是被排擠欺凌。

鄰居從不避諱在她面前喝斥自己的孩子：「不准跟台灣人玩！」；半夜常有荷槍實彈的軍人在家裡東翻西找地搜查。失去了親愛的伴侶，一個人辛苦拉拔三個孩子長大，漸漸地，白華英不再是台灣姑娘了……

大多數人對我的印象是一個很台、很鄉土的閩南語藝人，而土身土長於台灣的我竟然有至親在中國大陸，甚至住在一個我連聽都沒聽過的遙遠城市——根河市（內蒙古自治區的一個縣級市，由呼倫貝爾市代管，是中國緯度最高的縣級市，全市年均溫為零下五度，極端低溫為零下五十八度）。

一九八八年爸爸跟我說他要去北京看他的「親妹妹」，希望我陪他一起去。那是兩岸開放探親的第一年，我的二姑姑與失聯六十年的妹妹連繫上，爸爸知道後興奮地拿著信對我說：「阿娥，我們在大陸有親人耶，我有個妹妹在那裡。」爸爸說這話時，我並沒有跟著高興。我只想到我們兄弟姊妹十個人、十個家庭，大大小小要我幫忙處理的事已經讓我焦頭爛額了，現在又多出一個不知打哪兒來的遠親，那事情不就更多？爸爸立刻說：「不是啦，什麼遠親，是我的親妹妹，妳的親姑姑耶！」。「親姑姑喔……」仍然沒有一點真實感與興奮感的我對爸爸說：「我每天都有節目要錄，工作那麼多沒有時間可以陪您去，但您要去的花費、要買了帶去的東西，我都會幫您準備好，這樣好嗎？」爸爸只好說那就不用買那些「三大件、五小件」[1]，買幾條金鍊子帶去送比較方便。

爸爸和姑姑們順利的與小姑姑在北京見了面，回來後爸爸給我看他們在長城的合影，開心地說著見面的種種，指著照片中陌生的面孔，說著那是失聯多年的妹妹，我木木然看著照片，並未特別當一回事兒。

大陸探親回來後過了五、六年，那位姑姑的小兒子白樹仁，以湖南大學教授的身分參加兩岸學術研討會來到台灣，他希望能與我見上一面。我本是個熱情的人，接待他自然是沒有問題，只是一想到我們雖是親戚，但卻從未聯繫過，甚至是在幾年前才知道彼此的存在，頓時間心頭五味雜陳……

學術團下榻遠企飯店，我們相約在遠企一樓的咖啡廳碰面。由於彼此全然陌生、兩岸又剛開放，一開始氣氛有些生分，但聽堂弟說起他母親這幾十年來的遭遇後，勾起了我曾經身為母親的同理心，感觸良

❶ 對岸剛開放探親時，當局為表示友好誠意，「優惠」台灣每人可帶三大件、五小件物品免稅通關。冰箱、電視、洗衣機為大件，小件為相機、收錄音機、電鍋等電器。

多！最後堂弟對我說道：「這次來是為了工作，更為了完成我母親的一個心願。我母親離開台灣已六十年，現在高齡八十四了，她希望能在有生之年回故鄉看看，回台見見親人、老家與故友。我想實現母親的願望，不要讓她在晚年還有任何遺憾。母親來台的開銷、手續我會負責，只希望堂姊能幫我一個忙，幫忙做母親的保證人。」孝順的堂弟想完成母親的心願，而我只不過是幫忙做個保人、行舉手之勞罷了，我很樂意地答應下來。只是沒想到要當大陸親友來台的保人並非易事，我必須回基隆調出日治時代的戶籍謄本、填寫一堆表格，光是申辦這一份文件就讓我不知跑了多少地方，再加上親戚們各自忙碌，好像並沒有人熱衷此事、願意幫我的忙，因此我與大哥兩人只好東奔西跑地孤軍奮戰。

終於，未曾謀面的姑姑要來台灣了，當天我要錄影，所以我請大哥去桃園機場接她。大哥從機場打電話給我，電話裡充滿了疑慮與擔心：

「阿娥啊，她真的是爸爸的親妹妹嗎？完全不像我們白家人，而且講話都是大陸人的口音，我與她講台語，她完全無法回答，完了！完了！我們會不會被騙了？」我連忙問：「她是一個人來嗎？有陪同的人嗎？」大哥說就姑姑一個人，我心想那不用怕啦，一個人而已，就算是假的，一個老太太還能怎麼樣？我告訴哥哥：「先帶回來再說吧！」

站在門口迎接姑姑，那第一眼的印象我永生難忘——藏藍色中山裝、花白的二道毛❷、巍巍顫顫走向我的一位老太太。我把她迎進客廳後，她立刻說要去化妝室，並且在裡面待了好久都沒出來，我見姑姑在廁所待太久了實在擔心，趕忙去找大哥。我忍不住跑去問他怎麼停個車停那麼久？放我一個人面對她不知道要講什麼！大哥委屈地說姑

❷一種齊耳的短髮，「二道毛子」是指剪此髮型的年輕女子。

姑吐了一車子，他正在清理呢！喔，我這才恍然大悟，姑姑在化妝室待了老半天，應該也是在清洗整理自己吧！

好不容易姑姑出來了，我問她要不要吃個胃散可以舒服點，姑姑說沒事兒，吐光了就好了。我問她是吃壞了還是暈機？姑姑說：「我從大興安嶺坐了三天的硬臥到長沙找樹仁拿機票、旅費，樹仁再帶我坐了十幾個小時的火車到深圳，然後樹仁的朋友再開車把我從深圳送到香港，再從香港搭機到台灣來。這一連幾天的折騰再加上心裡既興奮又緊張，剛剛實在是忍不住才在車上吐了。」

她說：「實在很抱歉，把妳漂亮的車弄髒了。」聽姑姑這麼說，我哽咽著說不出話，心裡為她感覺非常非常「不甘」（捨不得），不甘並不只是因為她是我姑姑，我已經不在乎她是真的還是假的姑姑了，而是這樣一個高齡、瘦小的老太太，為了要回到自己的故鄉，舟車勞頓地受那麼多罪，真的是很心疼她。

閒聊中還是婉轉地問了她一些與爸爸有關的事情，也問了那次探親時爸爸送她的禮物等等（聊天時心裡還是納悶著：她為什麼不說台灣話？），言談間她不時張望四周，我知道她在找我父親、她的大哥，但我不忍在她剛到台灣、身體又不舒服的狀況下告訴她爸爸已經不在了，我建議她先去睡一下，起來吃點東西後我再帶她回老家去看看、找老朋友。沒想到，姑姑進房間不到半個小時就又回到客廳，她說心裡太激動睡不著，我想她心裡一直惦記著一定很難受，於是請大哥帶著我們回老家去！

在前往基隆的路上姑姑問我爸爸還好嗎？是不是住在老家？看著她殷殷期盼的臉，我只好一五一十地告訴她，爸爸已經走了……姑姑聽我說完，別過臉去看著車窗外，久久不發一語。我以為她在看窗外的景物，本想向她介紹一下沿途出現的地景，卻看到她肩膀不停顫抖著。姑姑就這麼強忍著不哭出聲，一路默默流淚到了基隆，下車時眼睛鼻子都是紅腫的。

姑姑一邊走一邊問我老家現在還有誰在？我告訴她房子很早前就賣了，大家都已不住在這兒了，來這兒是讓她再看看老家。姑姑略顯失望地點頭，我問她您還記得哪個鄰居嗎？她說碧霞！我一聽這名字就想，那真是沒錯了，碧霞是我們最要好、幫助我們最多的老鄰居，小時候媽媽要打我時，跑來救我、維護我的就是碧霞阿姨。

來到老家的小巷，姑姑仍認得老家的位置，她摸著牆上的紅磚喃喃哭嚎說著：「不是啊，這以前都是泥巴和木片砌的，現在都換啦！」我跟在後面聽著心裡好酸。這時，碧霞阿姨聽到聲音從屋裡走出來，一見到我就笑著說：「阿娥，妳回來囉！」我連忙問她是否記得我爸爸的妹妹、妳的兒時玩伴華英？「唉呦，我們兩個最好了，我們都一起做裁縫的。不是找到她了嗎？你們什麼時候還要再去大陸看她？」

「阿姨，華英就在這裡，就是這一位啊！」我將姑姑扶往阿姨的面前。「蛤？喔，喔！」阿姨直愣愣地盯著姑姑看，發出「喔、喔」兩聲，我又立刻想：「完了！難道是假的？」沒想到下一秒，阿姨激動地說：「華英喔，妳真的是華英！」姑姑一個勁兒地點頭，兩位靦腆的老太太靜默了幾秒後抱在一起失聲大哭，那個畫面讓我也不能自己跟著一同悲從中來。哭了好一陣子，碧霞阿姨問姑姑說：「華英啊，妳怎麼變成這樣了？妳以前是我們村裡的一朵花耶！」站在一旁的我聽碧霞阿姨這麼直接的問著姑姑，忍不住一陣酸楚。唉！滄海桑田、造化弄人，歲月在這位老太太臉上、身上刻下了重重痕跡，我無法想像一個住在溫暖寶島的小姑娘在不得已的情況之下，在內蒙古那個零下五十八度的地方，歷盡滄桑，獨自帶大幾個小孩。那是何等的困苦與慘痛？我不敢想下去，只是跟著一直掉淚，唉！我不須再問些什麼了，眼前的這位老太太，就是我失散多年可憐的姑姑沒錯了。

她們兩個老太太就著台階坐了下來，握在一起的雙手始終沒有鬆開、笑開懷的臉伴隨流著不停的淚。碧霞阿姨從認出姑姑後就接連講個不停，好一會兒才意識到姑姑都沒說話，阿姨問姑姑六十年不見了怎麼一句話都不說？阿姨邊說邊用眼神、用手示意姑姑要她講講話，姑姑意會過來後有些為難地表示：「碧霞，我講不出閩南話了。」阿姨訝異地望著姑姑，我更是睜大了眼睛不敢置信，怎麼會呢？到底是怎麼回事？我輕聲地問姑姑怎麼不會說台語了？姑姑說：「太久了，都忘了怎麼說了，都忘了……」

即使一個不會說國語、一個不會說台語也並沒有造成任何隔閡，碧霞阿姨說基隆是海港，海鮮最出名，說是要帶姑姑去嚐嚐故鄉的海鮮，讓她好好回味一下故鄉的味道。難得的老友相會，興奮悸動自是不在話下，與碧霞阿姨道別後，我想姑姑一定累了，便不再安排行程，直接送她回飯店休息，打算隔天帶她去看看爸爸、給爸爸上個香。

第二天到了墓園，姑姑悲慟地喊著：「哥哥，我回來晚了，再也見不到你了，你怎麼先走了……」看姑姑這麼地傷心難過我好不捨。回到我家後，吃飯時我對她說：「姑姑，您不要回去了，就留在我這裡吧，我來奉養您。」這句話我是發自肺腑的。爸爸不在了，我不忍心姑姑一個人又得舟車勞頓、折騰一把老骨頭再回去天寒地凍的內蒙古，希望替爸爸好好照顧他心疼的妹妹。「謝謝妳，我很安慰妳留我，但不行啊，我得回大興安嶺，我大兒子樹漢還在那兒。」我勸姑姑說：「孩子都大了，您住哪兒不都一樣嗎？要是您比較喜歡基隆老家，我也可以在那裡弄個房子給您。」姑姑說：「不是的，樹漢身體不好我要回去照顧他。」詳細問姑姑後才知道，樹漢堂哥已五十多歲了，他原是廠長也擔任旗政協常委，生病中風後一直是姑姑在照顧他，他的孩子都大了，分別在不同城市裡任職。

幾天後姑姑就要回去了，我帶著她去置辦三大件、五小件，這樣她一回到大興安嶺就可以享用了。記得我帶她去購買電冰箱的時候，她笑著拒絕了，她說：「妳忘了，我們那裡是不需要冰箱的。」恍然大悟之餘實在不捨得她再回去，當晚我想著就算內蒙古她的居住地是那麼寒冷，但只要她的親人在，相信她的內心是溫暖的，她不就是因為這樣才勇敢撐過來的嗎？

姑姑回去後沒多久，就接到樹仁堂弟的來信，說是姑姑住院了，再過些日子就又來電說姑姑走了。我感嘆著怎會如此，因為她在台灣的那幾天，除了看老朋友、家人，我帶著她四處走走，也帶她到電視台看我錄節目，我的粉絲跟她打招呼也跟著我姑姑、姑姑地叫，翻看當時的留影合照，她很是開心，也很精神的。

從前念賀知章的〈回鄉偶書〉——「少小離家老大回，鄉音無改鬢毛催。兒童相見不相識，笑問客從何處來。」當時只覺得這首詩道盡了所有遊子的心聲而有所感慨，但自從與姑姑見面、相處後，對這首詩有了新的領悟：我想離開家鄉幾十年的人，若要能夠符合這首詩意是有條件的，不論是精神或身體上的苦必須是自主的、不被迫害的，不然就很可能像我姑姑一樣，無法再說、甚至不再聽懂自己從小到大的母語了。她一個美麗的荳蔻年華少女，婚後去了大陸就與故鄉隔絕六十年，這六十年的大約四十年期間，她受盡苦難、歷盡風霜，看盡了他人瞧不起的臉色，下放再下放，辛苦更辛苦，戰戰兢兢、苦心積慮的隱藏自己台灣人的身分，若不是她的鄰居好友及善心人士們的鼎力相助，想必命運堪憂……也因此「少小離家老大回，鄉音無改鬢毛催」放在我姑姑身上是不符合的。

感嘆之餘也慶幸還好能及時幫助姑姑，一圓她回故鄉探訪故友與親人的宿願，了卻她一樁心事。姑姑艱苦地過了大半輩子，她一生的經歷啟發、教導了我許多事情。我的故事許多人已很熟悉，而這篇分享是我姑姑真真實實苦難的一生，我與姑姑都是自小就開始經歷各式的痛苦，面對磨折，我們無奈但也都坦然接受、勇敢地克服了。希望我們的故事能夠帶給所有讀者朋友們，在未來遇到逆境（或正在逆境中）時一點精神上的鼓舞。人生充斥大大小小的關卡，在台灣若是氣溫攝氏十度以下，眾人就驚呼「寒流來襲！」每年還因此凍死好多人，而我的姑姑從均溫二十五度的寶島輾轉到了均溫零下的內蒙古居住了一輩子，相信這不是她願意的，徒呼奈何！她不接受又能如何呢？

一個沒有男人庇蔭的婦人帶著好幾個孩子，在度日如年的苦難中，她節衣縮食讓每個孩子都能擁有高學歷，真的非常了不起，我打從心裡感到萬分敬佩！說到關卡，我無法計數這輩子她到底勇敢闖過了多少關，歌仔戲有句知名唱段「身騎白馬過三關」，我的親姑姑簡直像打過十八銅人陣，一個弱小的婦人，相信連她自己都不知道擁有這樣的能力，可是當生活壓力逼過來的時候，為母則強！這篇文章與所有女性朋友們共勉，在現實冰霜的磨礪之下，願我們都能成為一枝永不摧折的菅芒花。

有錢，把事做好；沒錢，把人做好。
有錢沒錢，把心態放正。
有利時，要讓人；有理時，要饒人。
自尊、自信、自在、寬容、豁達、
終身學習、關懷分享、優雅的生活，
這才是人生的最高境界！

國家圖書館出版品預行編目 (CIP) 資料

Try 旺人生：冰冰姊的「甘巴嗲」哲學，帶你遇見生命中的貴人！/ 白冰冰著 .-- 初版 .-- 臺北市：麥田出版：家庭傳媒城邦分公司發行，2018.05
面； 公分 .--（麥田航區；6）
ISBN 978-986-344-556-2（平裝）

855 107005777

麥田航區6

Try 旺人生

冰冰姊的「甘巴嗲」哲學，帶你遇見生命中的貴人！

口述	白冰冰
撰文	Yogi
版權	吳玲緯　蔡傳宜
行銷	艾青荷　蘇莞婷　黃家瑜
業務	李再星　陳玫潾　陳美燕　杻幸君
副總編輯	林秀梅
編輯總監	劉麗真
總經理	陳逸瑛
發行人	凃玉雲
出版	麥田出版 104 台北市民生東路二段 141 號 5 樓 電話：(886) 2-2500-7696 傳真：(886) 2-2500-1967
發行	英屬蓋曼群島商家庭傳媒股份有限公司城邦分公司 104 台北市民生東路二段 141 號 11 樓 書虫客服服務專線：(886)2-2500-7718、2500-7719 24 小時傳真服務：(886)2-2500-1990、2500-1991 服務時間：週一至週五 09:30-12:00・13:30-17:00 郵撥帳號：19863813　戶名：書虫股份有限公司 讀者服務信箱 E-mail：service@readingclub.com.tw
麥田部落格	http://blog.pixnet.net/ryefield
麥田出版 Facebook	https://www.facebook.com/RyeField.Cite/
香港發行所	城邦（香港）出版集團有限公司 香港灣仔駱克道 193 號東超商業中心 1 樓 電話：(852) 2508-6231　傳真：(852) 2578-9337 E-mail：hkcite@biznetvigator.com
馬新發行所	城邦（馬新）出版集團【Cite(M)Sdn. Bhd】 41, Jalan Radin Anum, Bandar Baru Sri Petaling, 57000 Kuala Lumpur, Malaysia. 電話：(603) 9057-8822　傳真：(603) 9057-6622 E-mail: cite@cite.com.my
印刷	沐春行銷創意有限公司
設計	陳采瑩
繪圖	夕下一隻狸

2018 年 5 月 3 日 初版一刷
定價 350 元
ISBN 978-986-344-556-2

城邦讀書花園
www.cite.com.tw